Ausgemustert

DANICA BRÜCKNER

Ausgemustert

Roman

Bibliografische Information der Deutschen Nationalbibliothek:
Die Deutsche Nationalbibliothek verzeichnet diese Publikation
in der Deutschen Nationalbibliografie; detaillierte bibliografische
Daten sind im Internet über http://dnb.dnb.de abrufbar.

© 2017 Danica Brückner
Satz, Umschlaggestaltung, Herstellung und Verlag:
BoD – Books on Demand

ISBN: 978-3-7448-8420-4

Vorbemerkung

Die vorliegende Erzählung über eine Mittfünfzigerin, die mit unfairen Mitteln aus dem Arbeitsleben gedrängt wird, ist ein Roman, ein Werk der Fiktion; die darin handelnden Personen sind frei erfunden – was nicht heißen soll, dass sich Vorgänge, wie sie hier beschrieben werden, nicht so ähnlich wirklich zugetragen haben könnten.

Gleichwohl trägt die Protagonistin Bianca Müller Züge der Autorin und im Erlebten von Bianca finden sich reale Elemente wieder, mit denen die Autorin ihre eigenen negativen Erfahrungen zu verarbeiten versucht.

Aber gerade deshalb muss an dieser Stelle ausdrücklich betont werden, dass keine der genannten Firmen, allen voran die Norhepha, real existiert und die verschiedenen Schauplätze im Raum Kassel zwar vorhanden sind, aber vorrangig zur anschaulicheren Gestaltung der Handlung benötigt werden. An keinem der im Roman erwähnten Orte hat unseres Wissens etwas Vergleichbares stattgefunden.

Danica Brückner

1.

Die ganze Nacht hatte sich Bianca im Schlaf gewälzt, war jede halbe Stunde aufgewacht und hatte nervös auf den Wecker geblickt. Als er um Viertel nach fünf in der Frühe endlich geläutet hatte, war sie völlig gerädert und hätte ihn beinahe überhört. Ihr Mann Tobias war gleich aufgestanden und gerade in der Küche. Dem Klappern des Topfes nach war er dabei, das Wasser für den Kaffee auf den Herd zu stellen. Dazu pfiff er einen Song seiner Lieblingsband laut und falsch vor sich hin.

Wie schafft es dieser Mann, schon so früh am Morgen so gute Laune zu haben?, fragte sich Bianca, während sie sich aus dem Bett schälte. Es mochte daran liegen, dass Tobias schon seit einigen Jahren Hausmann war und nicht wie sie in aller Herrgottsfrühe zur Arbeit gehen musste.

Ihr verleideten die Schmerzen in ihrem Bein, und seit geraumer Zeit auch noch im Knie, an so manchem Tag bereits das Aufstehen. Aber was soll's? Irgendwo mussten die Brötchen ja herkommen. Ach, waren das noch Zeiten gewesen, als Bianca kaum etwas wehtat, sie die Treppen in den teils uralten Gebäuden des großen Chemiewerks noch problemlos steigen und auch die schweren Probekästen in die Labors transportieren konnte. Biancas linkes Bein hatte auch damals schon, wegen der schlechten Durchblutung, wie ihr Arzt sagte, hin und wieder Zicken gemacht, aber das war auszuhalten gewesen. Doch dann war vor ungefähr drei Jahren noch dieser mörderisch stechende Schmerz im Knie dazu gekommen.

Energisch wischte Bianca die trüben Gedanken beiseite, gab sich einen Ruck und stand auf. Aus der Küche kam ihr verführerischer Kaffeeduft entgegen, und sie rief laut hinüber: »Schatz, machst du mir ein Schwarzbrot mit Käse?«, bevor sie ins Bad ging.

»Klar doch«, kam es zurück, und während Bianca sich die Haare wusch, schweiften ihre Gedanken zurück zu dem Zeitpunkt, als sie ihre gewohnte Tätigkeit bei der Norhepha, den Probentransport zwischen den einzelnen Betrieben und zu den Labors, nicht mehr hatte ausführen können.

Damals hatte ihr Chef Himmel und Hölle in Bewegung gesetzt, um Bianca schnellstmöglich eine andere Tätigkeit zu verschaffen, bevor irgendjemand auf dumme Gedanken kam. So wurde sie kurzerhand an die Abteilung Probenversand Ausland, kurz PVA genannt, ausgeliehen, wo es einen gewaltigen Arbeitsüberschuss und dazu ständig Personalnot gab. Am Anfang war alles prima gelaufen. Zuerst hatte Bianca zwei, später drei Tage pro Woche und schließlich sogar die volle Stundenzahl dort zu tun. Man hatte schon läuten hören, dass Bianca ganz dorthin wechseln sollte. Doch plötzlich war alles anders gekommen.

»Frühstück ist fertig«, riss Tobias seine Frau aus ihren Gedanken, und sie stellte fest, dass sie bereits viel zu lange herumgetrödelt hatte. Nur wenige Minuten später saß sie bereits fertig angezogen in der Küche und ließ sich das liebevoll zubereitete Brot schmecken.

Die Erinnerungen an die letzten Jahre, die sie an diesem Morgen so unvermutet aus dem Hinterhalt angesprungen hatten, ließen Bianca noch schweigsamer als sonst am Frühstückstisch sitzen, und Tobias, aufmerksam wie immer, sah sie verwundert an und fragte: »Was hast du denn, Liebling? Welche Laus ist dir heute über die Leber gelaufen?«

»Ach, ich habe an meine damalige Probenrunde gedacht.«

»Vermisst du sie so sehr?«

»Ja, schon …«

»Denk dran, wie du immer geflucht hast, weil du um halb vier noch eine Runde fahren durftest, während deine Kollegen nach Hause gegangen sind. Und wie viel Überstunden du machen musstest.«

»Trotzdem …«

»Ich dachte, deine neue Tätigkeit mit der Dateneingabe gefällt dir?«

»Tut sie, sehr sogar, und ich bin heilfroh, dass das Trauerspiel bei PVA zu Ende ist.«

»Diese Leute sind ja auch mit dir umgesprungen … die sollten mir mal nachts in einer dunklen Gasse begegnen.«

»Ach Schatz, rege dich bitte nicht auf. Lass uns lieber fahren, sonst bin ich heute die Letzte.«

Das glaub ich kaum, dachte Tobias. *Nicht solange du deinen lieben Kollegen Roland hast.*

Seit sie wegen der hohen Spritpreise den Zweitwagen abgeschafft hatten, fuhr Tobias seine Frau morgens zur Arbeit und holte sie abends auch wieder ab. So hatte er das Auto tagsüber für Erledigungen jeder Art zur Verfügung. Hier auf dem weiten nordhessischen Land waren die Entfernungen größer als in der Stadt. Von Gudensberg, wo sie vor fast zehn Jahren ihre hübsche Eigentumswohnung gekauft hatten, bis an den Stadtrand von Kassel, wo die große Chemiefabrik stand, waren es immerhin fast zwanzig Kilometer, und die Strecke war, sofern man nicht die ständig verstopfte Autobahn nahm, ziemlich kurvig.

Auf der Fahrt ließ Bianca ihre Gedanken an den Punkt zurückschweifen, wo sie beim Frühstück hängengeblieben waren.

Zu dem endgültigen Wechsel in die andere Abteilung war es nicht mehr gekommen. Wie aus heiterem Himmel fingen die neuen Kollegen dort ständig an zu mosern. Mit einem Mal passte ihnen gar nichts mehr. An einem Tag waren die Etiketten zu schief aufgeklebt, ein anderes Mal hatte Bianca zu langsam gearbeitet. Gefaulenzt, so hatte Jonas Mertens, der Schlimmste von allen, es gegenüber seinem Chef Norbert Windisch genannt. Das war sein größtes Hobby – andere beim Chef anzuschwärzen –, aber seine Kolleginnen waren nicht viel besser. Die Einzige, die immer freundlich geblieben war und mit Bianca hin und wieder ein paar private Worte gewechselt hatte, war Daniela Kolb. Doch seit jenem Tag hatte Bianca das Gefühl gehabt, bei Jonas auf der Abschussliste zu stehen.

Dann kam der Sommer im letzten Jahr, als Bianca und ihr Mann im Süden Urlaub machten und sie im Anschluss mit Schmerzen im Bein zum Arzt musste, da sie kaum noch auftreten konnte …

»Liebling, willst du nicht aussteigen? Und vor allem, bekomme ich heute keinen Abschiedskuss?«, fragte ihr Mann plötzlich, und Bianca stellte erstaunt fest, dass sie schon vor dem Werkstor standen.

Sie küsste ihren Mann so leidenschaftlich, dass er sie darauf lüstern ansah und grinsend meinte: »Ich meinte natürlich: Willst du wirklich schon aussteigen? ... Na ja, aufgeschoben ist nicht aufgehoben. Der Abend kommt schließlich noch.«

»Freu dich bloß nicht zu früh«, sagte Bianca fröhlicher, als ihr zumute war, knuffte Tobias in die Seite und stieg endlich aus.

Sie winkte ihm kurz hinterher, dann drehte sie sich langsam um und strebte dem Eingangstor entgegen. Der Pförtner sah noch nicht einmal auf, als Bianca durch das Drehkreuz ging und den Weg zu ihrem Betrieb einschlug, der zehn Gehminuten entfernt lag.

Sie wusste nicht so recht, warum ihr so sonderbar zumute war. Auch wenn das vor wenigen Monaten noch nicht so ausgesehen hatte, hatte sich doch alles für sie zum Guten gewendet. Das glaubte sie zumindest. Genau in dem Moment begann es in ihrem Bein höllisch zu stechen, und sie musste kurz stehen bleiben. Kaum hatte der Schmerz etwas nachgelassen, setzte sie ihren Weg fort und fuhr mit der blödsinnigen Rückschau fort, die sie schon quälte, seit sie aufgestanden war. Doch sie konnte die Gedanken nicht beiseiteschieben, so sehr sie sich auch bemühte.

Als Bianca damals direkt nach dem Urlaub krank geworden war, sahen die Leute um Norbert Windisch wohl ihre Chance gekommen, ihren Boss zu bearbeiten, um sie loszuwerden.

Denn kaum war sie wieder im Betrieb, hatte Norbert Windisch sie in sein Büro zitiert und ihr ohne Umschweife gesagt: »Leute wie Sie, faul und unfähig, brauchen wir hier keineswegs. Unsere Zusammenarbeit ist hiermit beendet. Bitte räumen Sie sofort den Schreibtisch und gehen wieder zu Ihrem Chef in die Abteilung zurück.«

Zu verblüfft, um auch nur ein Wort herauszubringen, hatte Bianca Herrn Windisch gegenübergesessen. Dabei waren ihr beinahe die Tränen gekommen. So etwas hatte in mehr als dreißig Jahren Betriebszugehörigkeit noch niemand zu ihr gesagt. Ganz im Gegenteil: Die Vorgesetzten hatten sie in der Vergangenheit schon oft wegen ihres Fleißes und ihrer Umsichtigkeit gelobt. Auch die Chefs anderer Abteilungen, für die sie regelmäßig Arbeiten verrichtete, hatten sie noch niemals derart abgekanzelt. Bianca selbst hatte sich nichts vorzuwerfen und war überzeugt, diese Rüge nur den Intrigen ihrer Kollegen zu verdanken. Allerdings hatte sie keine Ahnung, warum.

Was habe ich denen getan?, hatte sie sich gefragt, während sie langsam mit ihren Habseligkeiten die wenigen Meter in ihre alte Abteilung zurückgegangen war. Dann hatte sie sofort Florian Richter angerufen, ihren Chef. Sie erinnerte sich noch gut, wie nervös sie geworden war, als sie ihn nicht gleich erreichte und ihm auf den Anrufbeantworter gesprochen hatte. Doch nur wenige Minuten später war der Rückruf gekommen, bei dem ihr Chef ihr mitteilte, dass er immer ein offenes Ohr für sie habe und sie sofort zu ihm kommen könne.

Nur wenig später hatte sie Florian Richter gegenübergesessen und ihm berichtet, was geschehen war. Das entsetzte Gesicht ihres Vorgesetzten war ihr ebenso gut in Erinnerung geblieben wie die Worte, die er daraufhin zu ihr gesagt hatte: »Wie kann denn das sein? Spinnen die? Mach dir nichts draus, hier bei uns ist deine Heimat, und ich finde schon eine passende Beschäftigung für dich. Aber mit Norbert werde ich wohl mal ein ernstes Wörtchen reden müssen. Das können wir unmöglich unkommentiert im Raum stehen lassen. Was denkt der sich eigentlich dabei?«

Dann hatte Florian Richter ihr eine Tasse Kaffee eingeschenkt und gesagt: »Trink die in Ruhe und beruhige dich erst mal.«

Bianca musste fast wider Willen schmunzeln bei dem Gedanken, wie viel Rückhalt sie bei ihrem direkten Vorgesetzten besaß und wie sehr er sich in den darauffolgenden Wochen dafür eingesetzt hatte, eine neue Tätigkeit für sie zu finden.

Dennoch verging reichlich viel Zeit, und nur weil auch sie selbst sich immer wieder umhörte, erfuhr sie, dass Dirk Römer schon seit Langem jemanden suchte, der ihm bei der Dateneingabe und Verwaltung seiner Lesedokumentationen half. Diese Tätigkeit konnte Bianca zu großen Teilen von ihrem alten Arbeitsplatz aus machen, und sie bereitete ihr große Freude, zumal Dirk Römer sie oftmals lobte und ihr wieder Selbstvertrauen gab.

Erst letzte Woche hatte er zu ihr gesagt: »Du hast dich

super hier bei mir eingearbeitet. Ich bin wirklich froh, eine solch tüchtige Mitarbeiterin bekommen zu haben.«

2.

Inzwischen war Bianca in ihrem Büro angekommen, und wie immer war außer ihr noch niemand aus ihrer Abteilung da. Sie schob die Erinnerungen an das letzte Jahr energisch beiseite und wollte sich, da auch ihr Kollege Roland, der sich mit ihr das Büro teilte, noch nicht anwesend war, in Ruhe auf ihre Arbeit konzentrieren. Roland schaffte es wirklich nur selten, vor ihr da zu sein, die Tage konnte man im Kalender anstreichen.

Mal sehen, dachte Bianca, *wann er heute auftaucht und vor allem, wann er Feierabend macht. Vermutlich mehr als zeitig. Dann könnte ich mich wenigstens wieder ungestört um meine Arbeit kümmern.* Bevor sie sich setzte, öffnete sie zum Lüften erst einmal weit das Fenster. Später würde das an Rolands Protest scheitern. Dann setzte sie sich an ihren Rechner und ließ ihn hochfahren. In dem Moment wurde die Bürotür aufgerissen, und sie quietschte in den Angeln, als ihr Kollege hereingepoltert kam.

»Morgen, Bianca«, rief Roland Wegner laut trompetend aus.

Bianca fuhr zusammen. »Meine Güte, hast du mich erschreckt«, sagte sie schnell und schob nach: »Guten Morgen.«

»Entschuldige, das wollte ich nicht.« Sprach's und warf die Tür leichthin zu, dass der Glaseinsatz wackelte.

»Schon in Ordnung …«, sagte Bianca mit sarkastischem

Grinsen. »Aber bei deinem Temperament komme ich nicht mit.«

»Dafür war ich gestern Abend schon um acht im Bett.«

»… und deine Frau hat allein im Wohnzimmer gessessen, wie? Na prima, die Arme«, meinte Bianca grinsend.

»Wenn ich doch aber müde bin, muss ich schlafen«, verteidigte Roland sich ziemlich lahm.

»Ob deine Frau das auch so sieht?«, fragte Bianca spontan. »Aber das ist ja typisch für dich.«

»Willst du vielleicht damit sagen, dass ich mich dafür entschuldigen soll?«

»Na, wenn deine Frau auf hundertachtzig ist, wäre ein Blumenstrauß das Mindeste.«

»Das ist eine glänzende Idee, danke für den Tipp.«

Bianca wandte sich der Excel-Tabelle zu, die sie für ihren Chef noch fertig machen musste, als ihr Kollege sie erneut hochfahren ließ: »Verdammt noch mal. Wo ist denn nun schon wieder das Druckerpapier hin? Hast du es gesehen?«

Diese Frage hatte Bianca erwartet. Schnell drehte sie ihren Kopf zum Fenster, da sie ein schadenfrohes Grinsen einfach nicht unterdrücken konnte. Dabei bemerkte sie, dass sich das strahlende Blau am Himmel verzogen und einem tristen Grau Platz gemacht hatte.

Sogar das Wetter hatte etwas gegen ihren Kollegen, dachte Bianca und seufzte innerlich kurz auf, sagte dann aber freundlich, wenn auch etwas schnippisch: »Vielleicht liegt es noch irgendwo in der Vorhalle herum. Seit du vorgestern dort aufgeräumt hast, findet keiner mehr was. Beatrix vom Labor war schon hier, weil sie etwas sucht und nicht findet, aber ich konnte ihr auch nicht weiterhelfen. Vielleicht waren auch die Mäuse dran, die von deinem vergessenen Frühstücksbrot noch nicht satt waren.«

»Igitt, Bianca«, entrüstete Roland sich. »Wie kommst du auf solch einen Unsinn? Du redest schon wie meine Frau. Solche Sprüche lässt sonst nur sie vom Stapel.«

Sehr sympathisch, dachte Bianca. Sie kannte Sarah Wegner persönlich, die schließlich ebenfalls in diesem Unternehmen tätig war, was Roland aber immer wieder zu vergessen schien.

Kurz darauf sauste er wie ein Wirbelwind hinaus und ließ dabei wie immer die Bürotür einen Spaltbreit offen. *Na, dann such mal schön*, dachte Bianca, *vergiss aber deine Runde mit dem Werkswagen nicht.*

Wehmütig dachte sie daran, dass das vor längerer Zeit einmal ihre Aufgabe gewesen war. Aber seit sie Knieprobleme hatte und Treppen über mehrere Stockwerke hinweg für sie zum beinahe unüberwindbaren Hindernis geworden waren, hatte man nach einer anderen Lösung gesucht. Zuerst waren mit wechselnden Besetzungen die täglichen Probenverteilrunden gefahren worden. Außerdem hatte man ihre drei Runden täglich auf eine reduziert. Aber als auch das nicht mehr richtig funktionierte, hatte Biancas Vorgesetzter, Florian Richter, Roland in die Abteilung geholt. Der fuhr nun, neben einigen anderen Aufgaben, die er hatte, einmal täglich diese Runde.

Bianca riss sich von ihren Gedanken los und wandte sich wieder ihrem Rechner zu, konnte aber das Programm von Dirk Römer nicht öffnen.

»Was soll denn das schon wieder? Willst du mich vielleicht ärgern?«, fuhr Bianca ihren Computer an. Als der keine Antwort gab, brummte sie: »Warum komme ich mit meinem Passwort nicht rein? Es kann sich doch unmöglich über Nacht verändert haben.«

Nach drei weiteren Versuchen gab sie es erst mal auf und wählte die Nummer von Dirk Römer, für den sie diese Arbeit übernommen hatte.

»Guten Morgen, Dirk«, meldete Bianca sich, denn die beiden kannten sich schon einige Monate und duzten sich.

»Hallo, Bianca«, rief Dirk Römer in seiner fröhlichen Art ins Telefon. »Wo brennt's denn?«

»In meinem Rechner, denn er will mich partout nicht arbeiten lassen. Dabei hätte ich stapelweise zu tun.«

»Nicht nur du«, sagte er aufgeräumt, und Bianca wunderte sich wieder einmal, wie er es schaffte, fast immer gute Laune zu haben.

»Dann lass uns mal nachschauen«, sagte er und griff übers Firmennetzwerk auf ihren Computer zu. Nach einer Weile, die er schweigend gearbeitet hatte, sagte er: »So, gleich haben wir es. Dein Rechner hatte sich aufgehängt; deshalb ging nichts.«

Bianca konnte sich gerade so verkneifen zu sagen: Wo hat der denn den Strick hergehabt? Da meinte Dirk auch schon, dass das Problem nun Geschichte sei.

»Prima, danke, ich komme nachher rüber und hole mir den nächsten Aktenstapel zum Eingeben.«

»Okay, Bianca, das Ablagekörbchen läuft bald über«, meinte er. Wieder musste sie sich zusammenreißen, um nicht zu antworten: Dann pass auf, dass es nicht zum Feind überläuft.

Das war auch besser so, denn in dem Moment kam Roland zur Tür herein, der meist auf Biancas kleine Scherze mit völligem Unverständnis reagierte.

Kaum hatte sie aufgelegt, klingelte auch schon das Telefon auf dem anderen Schreibtisch, und so flink, wie man ihn sonst kaum sah, hatte Roland das Gespräch angenommen.

»Wegner! Ach, Sarah, du bist es. Schön, deine Stimme zu hören.«

Die Worte seiner Frau waren nicht zu verstehen, aber da dieses Gespräch höchstwahrscheinlich nach dem üblichen Schema ablief, war Bianca klar, was kommen musste.

»Ja, dann gib ihn mir mal«, hörte sie ihren Kollegen sagen, und nach einer Weile folgte: »Hallo, mein Schatz. Hast du gut geschlafen, Ben?«

Ach du meine Güte, dachte Bianca, während sie die bereits bearbeiteten Dokumente lochte und in eine Klarsichthülle schob. *Jeden Morgen das gleiche Affentheater.* Roland war kaum angekommen, da rief er seine Frau an oder sie ihn, und dann musste er unbedingt mit seinem Sohn sprechen, der gerade aufgestanden war. Kein Wunder, dass er in seinen sechs Stunden nicht mit der anstehenden Arbeit zurande kam. Aber warum sollte Bianca sich da reinhängen? Wenn er damit eines Tages auf die Schnauze fiel, war das ganz allein sein Problem.

So kümmerte sie sich nicht weiter um ihn und griff sich das nächste Dokument. Kurz darauf war sie bereits wieder so sehr in ihre Arbeit vertieft, dass sie nicht bemerkte, wie die Bürotür geöffnet wurde und der Chef eintrat.

Erst als er »Guten Morgen allerseits« sagte und sich auf dem noch freien Stuhl niederließ, sah Bianca verwundert hoch.

Sie fand es gut, dass sich Florian Richter in aller Regel hinsetzte, denn so brauchte sie nicht immer zu dem gut und gerne einen Meter neunzig großen Hünen aufzusehen.

Als er jedoch langsam »Bianca« sagte, schwante ihr es: Aha, wieder mal ein Auftrag für zwischendurch. Hoffentlich war er nicht so groß. Sie wusste so schon nicht, wo ihr der Kopf stand. »Ja, Florian, was gibt's?«, sagte sie.

»Ich muss eine Liste anfertigen, die muss bis spätestens Freitag fertig sein. Ich habe mir gedacht, das kannst du auch. Ich bringe dir nachher die Daten und erkläre dir am Rechner, was zu machen ist. Schaffst du das zwischendurch?«

»Natürlich, geht schon in Ordnung.«

»Zu mir bist du nicht so nett«, beschwerte Roland sich sofort.

»Florian hört mir im Gegensatz zu dir auch zu«, erwiderte Bianca.

Als Florian Richter ihn fragte, was er damit meine, erzählte der Kollege die Geschichte mit dem Druckerpapier.

»Das ist gut«, sagte Florian lachend und setzte schmunzelnd hinzu: »Roland, hüte dich vor den Frauen. Ich weiß, wovon ich rede. Ich habe selbst solch ein Pracht-exemplar zu Hause.«

Roland sah seinen Chef verständnislos an. Bianca wollte sich gerade wieder ihrer Arbeit zuwenden, da sagte Florian: »Jetzt fällt es mir gerade ein. Ich habe nachher um halb elf einen Termin in der Hauptverwaltung. Wer von euch beiden könnte mich denn hinfahren? Ich rufe dann an, wenn das Meeting zu Ende ist. Dann kann mich einer von euch beiden abholen.

»Das kann ich gerne tun«, bot Bianca sich prompt an. »Im Augenblick habe ich keinen Fixtermin, und die Arbeit kann ich mir einteilen. Garantieren, dass wir pünktlich wegkommen, kann ich dir allerdings nicht, Florian.«

»Warum denn das nicht?«

»Weil Roland eigentlich schon längst auf seiner Runde sein müsste. Herr Kogler von der Qualitätskontrolle hat gerade, bevor du reinkamst, angerufen, ob er denn heute noch seine Proben gebracht bekommt. Er wartet so dringend auf das neue Präparat.«

»Warum hast du mir das nicht gesagt, Bianca?«, begehrte Roland auf.

»Weil du bis eben anderweitig beschäftigt warst«, sagte Bianca augenzwinkernd und war sich nicht sicher, ob Roland überhaupt bemerkt hatte, dass sie es geschickt vermieden hatte, Florian von seinen privaten Telefonaten erzählen zu müssen.

In der Zehnten, der Chefetage des riesigen Verwaltungs-hochhauses, ging es an diesem Mittwochvormittag zu wie im Taubenschlag, was die Sekretärin Marion Thieme schier zur Verzweiflung trieb. Ständig stand jemand bei ihr auf der Matte und wollte wissen, ob Dr. Kähler, der Leiter der Personalabteilung, aus dem Urlaub zurück sei. Und als ob das noch nicht genug wäre, blieb auch das Telefon keine fünf Minuten still.

Verdammt, dachte sie, *ich hab den Monatsbericht noch nicht fertig, und der alte Zausel kann dann ganz schön ungemütlich werden.* Außerdem lagen immer noch die drei Aufhebungsverträge auf ihrem Schreibtisch, die der Chef vor seinem Urlaub partout nicht mehr unterschreiben wollte. Marion taten die Leute leid, die so lange warten mussten, bis ihr Chef endlich mal in die Puschen kam. Schlimm genug, dass in letzter Zeit ständig Arbeitsplätze abgebaut werden sollten und manche Abteilungsleiter sich die Schwächsten rauspickten … sie betraf es derzeit Gott sei Dank noch nicht. Hier in der Personalabteilung saßen sie zum Glück ganz fest im Sattel. *Hoffen wir, dass es dabei bleibt. So, aber jetzt mach ich mir mein Frühstück. Soll das Telefon doch bedienen, wer will.*

Gerade als sie aufstand, um die Kaffeemaschine anzuwerfen, flog die Bürotür so schwungvoll auf, dass sie gegen das Aktenregal knallte und die sechsundzwanzigjährige blonde Sekretärin vor Schreck mit der Kaffeedose in der Hand herumfuhr.

»Guten Morgen, Herr Dr. Kähler«, sagte sie rasch und stellte erfreut auf den ersten Blick fest, dass ihr Chef erstaunlich gute Laune hatte, was in letzter Zeit nicht sehr oft vorgekommen war.

Er antwortete ihr sogar so fröhlich, dass sie es wagte zu fragen: »Hatten Sie einen schönen Urlaub?«

»Wunderbar. Tauchen auf Barbados, das hat schon was. Es hätte nur eine Woche mehr sein dürfen«, sagte der Personalchef und verschwand vor sich hin summend in seinem Büro.

Das sieht dir ähnlich, dachte die junge Frau grimmig. *Unsereins ist froh, wenn er acht Tage nach Rügen fahren kann.* Und der Typ war nach drei Wochen Karibik immer noch nicht zufrieden. Sie konnte von so einem Urlaub nur träumen, aber der Chef bezahlte ihn mit links aus der Portokasse.

Dann gab sie noch einen Extralöffel Kaffee dazu und dachte: *Damit du Esel auch wirklich wach wirst und endlich mal was arbeitest.*

Während sie sich wieder an ihrem Schreibtisch niederließ und in ihr Brot biss, sah sie dem Kaffee zu, der langsam in die Kanne rann. Als er durchgelaufen war, ging sie damit schnell zum Chefzimmer hinüber, klopfte an und öffnete vorsichtig, denn die gute Laune von vorhin hielt bestimmt nicht allzu lange an. So gut kannte sie ihren Chef nach zwei Jahren bereits.

»Darf ich Ihnen Ihren Kaffee bringen?«

»Klar doch«, brummte der Mann nur, und man merkte, dass sein Launepegel bereits deutlich am Fallen war. Gerade als Marion das Zimmer wieder verlassen wollte, rief er ihr vorwurfsvoll hinterher:

»Frau Thieme, wo ist denn meine Zeitung? Wieso liegt sie nicht bereit wie immer?«

Na, das kann heute wieder heiter werden, du blinder Maulwurf, dachte Marion. »Sie liegt hier auf dem Sideboard neben dem Radio«, sagte sie und reichte sie ihm.

Anstatt sich zu bedanken, sagte Dr. Kähler: »Bitte denken Sie daran, dass ich die nächsten dreißig Minuten nicht gestört werden will.«

»Aber, ich habe da was von Dr. …«

»Kann warten.«

»Und die Aufhebungsverträge von …«

»Die haben auch Zeit. Jetzt gehen meine Börsenberichte vor.«

Kaum hatte die Sekretärin die Tür leise hinter sich geschlossen, schlug er rasch die Zeitung auf und sah als Erstes die dicke Schlagzeile, die seinem Lieblingsfußballverein galt. Der hatte am Wochenende die schlimmste Heimniederlage der Saison kassiert und war inzwischen akut abstiegsgefährdet. Genauso schnell wie der Verein in der Tabelle sank auch seine Stimmung rasant dem absoluten Tiefpunkt entgegen. Um sich abzulenken, blätterte er schnell weiter zur Klatschspalte und musste prompt grinsen. Auf einem Foto im Großformat war ein bekannter Schlagersänger zu sehen, der nicht etwa seine Frau, sondern ein blutjunges, dunkelhaariges Mädchen in den angesagtesten Club der Stadt begleitet hatte.

»Du alter Schwerenöter«, sagte er anerkennend und auch etwas neidisch. »Das hätte ich dir gar nicht zugetraut.« Er dachte wehmütig an seine jungen Jahre zurück, die nun doch schon eine ganze Weile hinter ihm lagen. Damals hatte auch er seiner Verlobten so einiges zugemutet.

Er seufzte kurz, riss sich von seiner Lektüre los und drückte den Rufknopf an seiner betagten Sprechanlage, die von seinen Untergebenen hinter vorgehaltener Hand als Museumsstück bezeichnet wurde.

»Ja, Herr Dr. Kähler?«, klang ihm die Stimme von Frau Thieme entgegen.

»Erkundigen Sie sich doch mal, ob es in der Kantine heute mal wieder was Gescheites zu essen gibt. In der letzten Zeit … Nein, rufen Sie bitte gleich beim Ristorante Mediterraneo an und fragen, welchen Fisch die heute empfehlen können. Sie wissen ja mittlerweile, was ich mag. Die sollen aber pünktlich um halb eins liefern, denn schließlich habe ich um halb drei eine Vorstandssitzung.«

»Ich weiß, da ist auch der Betriebsrat dabei.«

»Allerdings«, meinte Dr. Bernd Kähler und verdrehte die Augen. »So jetzt gehen Sie mal an Ihre Arbeit, denn ich muss mich auf die Sitzung vorbereiten.«

»Aber, da ist doch der Bericht …«, begann Marion Thieme, aber ihr Vorgesetzter ließ sie gar nicht zu Wort kommen: »Papperlapapp, Sie wissen ja, was das Sprichwort sagt: Was du heute kannst besorgen, hat auch Zeit bis übermorgen. Ha, ha.«

Danach beendete er das Gespräch, indem er einfach die Gegensprechanlage ausschaltete. Er lehnte sich in seinem Chefsessel weit zurück und hob die Beine auf den eleganten, kirschbaumfarbenen Schreibtisch.

Mein Gott, dachte er griesgrämig, *überfällt mich diese dumme Pute gleich am ersten Tag mit Arbeit.* War er hier der Chef oder die? Wenn sie wenigstens mal ihre Bluse aufknöpfen und ihre hübschen … nicht einmal das gönnte sie ihm. Dann drifteten seine Gedanken ab, und er dachte an die bevorstehende Sitzung, auf der der Standortleiter wieder stundenlange Monologe halten würde und er gegen seine Müdigkeit würde ankämpfen müssen. Und dazu diese Plörre von Kaffee. Nicht einmal einen Cognac gab es dazu. Grausam.

Fast zur gleichen Zeit saß Florian Richter im sechsten Stock der Hauptverwaltung Bruno Bärtig gegenüber, seinem direkten Vorgesetzten, und schüttelte stumm den Kopf. Er konnte es nicht fassen, was sein Gegenüber, das in der Hierarchie eine Stufe über ihm thronte, ihm gerade auseinandergesetzt hatte.

»Aber Herr Bärtig«, sagte er, nach Worten ringend. »Das können Sie doch nicht machen. Sie ist eine meiner besten Kräfte in der Abteilung, und Sie wissen genau, dass wir die Arbeit auch so kaum noch schaffen.«

»Das mag durchaus sein, fragt sich nur, wie lange das noch gutgeht.«

»Wie meinen Sie das?«

»Wenn das Knie der Frau noch schlimmer wird und sie ständig krankfeiert? Wer hat dann den Klotz am Bein? Die Firma oder Sie, Herr Richter?«

»Jetzt will ich Ihnen mal was sagen«, fuhr Florian Richter empört auf. »Frau Müller feiert keineswegs krank. Wenn sie sich, was wirklich nicht allzu oft vorkommt, krankschreiben lässt, dann hat sie auch was. Da gibt es hier ganz andere Fälle!«

»Sehen Sie«, sagte Bruno Bärtig ungerührt, ohne auf Florian Richters Einwand einzugehen. »Und was mir aus der anderen Gruppe, in der Frau Müller einige Monate lang gearbeitet hat, zugetragen wird, spricht auch nicht gerade für diese, äh … Dame.«

»Also, ich finde es unerhört, dass Sie der Gruppe um Norbert Windisch mehr glauben als mir! Schließlich bin ich Frau Müllers Chef. Ich kann nur Gutes über die Frau sagen, und bei mir hat sich bislang niemand beschwert.«

»Sie sehen das vielleicht so, und das wirft auch nicht das beste Licht auf Ihre Urteilsfähigkeit. Herr Windisch hat die letzte Beurteilung durchgeführt und …«

»Moment mal«, unterbrach Richter seinen Vorgesetzten. »Das lasse ich so nicht stehen. Ich habe als ihr Chef die Beurteilung Frau Müllers gemacht, musste dabei aber auch die Meinung von Herrn Windisch sowie die der Herren Römer und Nitschke berücksichtigen, in deren Abteilungen sie ebenfalls arbeitet. Mit Römer und Nitschke war ich gleich einig, nur mit Herrn Windisch war das ein größeres Unterfangen. Im Endeffekt habe ich mich als Frau Müllers direkter Vorgesetzter aber durchgesetzt, und das ist mein gutes Recht. Kommen Sie mir jetzt bitte nicht damit, ich hätte meine Mitarbeiterin ungerechtfertigt bevorzugt! Außerdem finde ich es vollkommen übertrieben, dass die Mitarbeiter von PVA wegen jeder Lappalie zu ihrem Chef rennen, um zu petzen. Kein Wunder, dass es in dieser Gruppe vorn und hinten klemmt. Wenn ich ständig in der Gegend herumrennen würde, anstatt zu arbeiten, würde ich auch nicht fertig.«

»Jetzt machen Sie mal halblang«, fuhr Bruno Bärtig auf. »So was muss ich mir von Ihnen auch nicht sagen lassen. Herr Windisch hat es genau auf den Punkt gebracht –

Frau Müller ist faul, langsam, liederlich und inkompetent.«

»Jetzt reicht's mir aber auch«, konterte Florian Richter. »Es ist schlimm genug, dass Sie dem, was ich sage, keinerlei Glauben schenken. Aber dass Sie alles, was Herr Windisch sagt, unbesehen unterschreiben, das schlägt dem Fass den Boden aus. Ich weiß nicht, warum Norbert meine Mitarbeiterin auf der Abschussliste hat. Aber ich hatte in den Jahren, in denen ich nun mit Bianca Müller zusammenarbeite, niemals Grund zur Klage. Ich gebe zu, dass sie in der letzten Zeit etwas öfter krank ist als andere, aber sobald sie anwesend ist, arbeitet sie für zwei, und sehr gewissenhaft dazu. Oft genug macht sie auch noch die Vertretung für Roland Wegner, wenn er nicht da ist, und das ist beileibe öfters der Fall, als nötig wäre. Außerdem wurde sie selbst nie zu all den Vorwürfen angehört. Sie kann und darf sich ja nicht einmal verteidigen. Das ist wohl nicht gewünscht, wie? Alles, was ich von ihr gehört habe, deckt sich nicht im Geringsten mit den Aussagen von Windisch und Konsorten.«

»Dann lügt sie auch noch«, trumpfte Bruno Bärtig auf.

»Sie, oder die anderen«, parierte Florian Richter.

»Haha, soll das vielleicht ein Witz sein? Glauben Sie eigentlich alles, was die Ihnen auftischt? Merken Sie denn gar nicht, dass diese Frau lügt, sobald sie den Mund aufmacht?«

Während er das sagte, strich er sich selbstzufrieden und triumphierend durch seinen üppigen Vollbart, der ihn ein bisschen wie Rübezahl aussehen ließ.

»O nein, Bianca lügt gewiss nicht«, erwiderte Richter

tapfer. Aber gegen diesen Mann anzurennen, kostete Kraft; er merkte, dass seine Worte schon etwas resigniert klangen.

Bruno Bärtig entging das nicht, aber er merkte auch, dass Florian Richter noch nicht bereit zum Nachgeben war. Deshalb fuhr er nun schwereres Geschütz auf.

»Es ist Ihnen doch klar, dass wir die Auflage, hundertachtzig Arbeitsplätze abzubauen, erfüllen müssen. Deshalb steht mein Entschluss hundertprozentig fest: Sie ist eine der nächsten, die gehen müssen. Wenn sie partout keinen Aufhebungsvertrag unterzeichnen will, dann wird ihr eben gekündigt. Aber ich kann Ihnen jetzt schon garantieren, dass sie damit bedeutend schlechter fährt.«

»Das kann doch nicht Ihr Ernst sein!«

»Nun, die Zeiten werden rauer, und Sie können froh sein, dass Sie als Diplomingenieur einigermaßen fest im Sattel sitzen.«

»Übernehmen Sie dann vielleicht Biancas Arbeit in den drei Gruppen?«, setzte Florian rasch nach. »Ich kann Ihnen versichern, dass das kein Job im Vorbeigehen ist.«

»Diese niederen Arbeiten kann doch jeder machen«, erwiderte Bruno Bärtig leichthin und überheblich.

»Vielleicht sollten Sie dann mal damit anfangen. Auf Wiedersehn. Ich habe auch noch anderes zu tun, als mir den ganzen Vormittag Ihren Unsinn anzuhören.«

Während Bianca Müller zum Feierabend hin ihren Rechner herunterfuhr, klingelte plötzlich ihr Telefon, und am Hörer schallte ihr die Stimme von Dr. Schwarz entgegen.

Scheibenkleister, dachte Bianca, warum war sie nicht schon vor fünf Minuten gegangen, dann wäre ihr das erspart geblieben. Wahrscheinlich hielt er sie jetzt noch ewig lange am Telefon auf, und Tobias konnte warten, der Arme.

»Ich wollte nur wissen, ob Ihr Kollege Herr Wegner die Unterlagen von der Retourenstelle Ausland mitgebracht hat. Ich versuche ihn schon seit Stunden zu erreichen.«

»Darüber kann ich Ihnen leider keine Auskunft geben. Roland hat mir nichts gesagt und ist schon seit einigen Stunden zu Hause, er arbeitet ja nur Teilzeit. In der Regel macht er gegen dreizehn, allerspätestens um vierzehn Uhr Feierabend.«

»Danke für Ihre Auskunft. Gut zu wissen, hat mir bislang noch niemand gesagt. Dann wünsche ich Ihnen einen schönen Feierabend.«

»Ich Ihnen auch«, sagte Bianca Müller und legte auf.

Nun aber schnell raus aus dem Büro, dachte sie, *bevor noch jemand anruft. Mir reicht's für heute.*

Als sie aus dem Fabrikgebäude trat, schlug ihr eisiger Wind entgegen. Sie zog den Reißverschluss ihrer Jacke bis ganz nach oben zu, aber das machte es kaum besser. Nach wenigen Schritten begegnete ihr auf dem Hauptweg Beatrix, eine Kollegin aus dem Labor, und ging mit ihr zusammen zum Werksausgang.

Die etwas jüngere Frau mit den blonden Locken, mit der sie früher einige Jahre in einer Gruppe zusammengearbeitet hatte, sagte zu ihr: »Hast du das auch schon gehört, Bianca? Unsere Arbeitsplätze wackeln mal wieder ganz schön. Ich habe aus verschiedenen Ecken gehört, dass die hier schon wieder hundertachtzig Stellen abbauen wollen. Wenn ich bedenke, dass wir vor zehn Jahren noch neuntausend Leute waren und jetzt nicht mal mehr sieben …«

»Und schon wieder so viele, ach du liebes bisschen.«

»Anscheinend ist das nur die erste Welle, und weitere sollen folgen.«

»Dann hoffen wir mal, dass unsere Abteilungen nicht davon betroffen sind.«

»Kann ich mir eigentlich auch nicht vorstellen«, sagte Beatrix Reibold grübelnd, »bei der ganzen Arbeit, die wir haben.«

»Eben«, sagte Bianca. »Ich weiß gar nicht, wo ich anfangen soll.«

»Ich auch nicht.«

»Außerdem«, meinte Bianca schmunzelnd, »brauchen die Leute wie uns. Denn die Chefs werden unsere Arbeit in Zukunft bestimmt nicht machen.«

»Wohl kaum. Wie kämen die denn dazu?«

»Du sagst es«, sagte Bianca. »Dann wünsche ich dir einen schönen Abend.«

»Ich dir auch, danke.«

Schnellen Schrittes ging Bianca zum Auto hinüber, in dem ihr Mann schon ungeduldig auf sie wartete. Obwohl sie eben noch mit Beatrix über die düsteren Neuigkeiten gescherzt hatte, war ihr der Schreck gehörig in die Glieder gefahren.

Unterdessen saß Florian Richter wieder in seinem eigenen Büro und grollte leise vor sich hin.

Was dachte der Bärtig sich eigentlich dabei, ihn zu übergehen? Der Mann konnte doch nicht einfach Florians Mitarbeiter entlassen, wie es ihm gerade passte. Seine Abteilung kam doch mit der Arbeit ohnehin kaum zurande, und überall stapelten sich die Akten bis zur Decke. Die Einzige, bei der die Berge mit der Zeit kleiner wurden, war Bianca. Ihr Tisch wurde am schnellsten wieder leer und konnte dann auch mal geputzt werden. Das schaffte sonst keiner. Wie konnte man solch eine Kraft nur entlassen wollen? Manchmal zweifelte Florian ernsthaft daran, dass dieser Mann, der ihm mangelnde Urteilsfähigkeit vorwarf, selbst im Vollbesitz seiner Geisteskräfte war. Aber er sollte es nicht auf die Spitze treiben. Florian in seiner Funktion als Beauftragter für Personalfragen würde sich das nicht so einfach gefallen lassen. Wenn Bärtig Krach haben wollte, konnte er ihn auch bekommen. Dafür würde Florian schon sorgen. *Warte nur, Bruno Bärtig*, dachte der Ingenieur, *auch bei dir wird der Kaffee nur mit Wasser gekocht.*

3.

Ach Schatz«, stöhnte Bianca laut auf und legte ihre schmerzenden Beine auf der Couch hoch. »Das war heute wieder mal ein Tag zum Abgewöhnen! Arbeit ohne Ende, und dazu noch diese Hektik im Büro, die mein Kollege verbreitet. An manchen Tagen ist es kaum auszuhalten. Ich kann den Chaoten wirklich nicht verstehen.«

»Was treibt er denn?«

»Den lieben langen Tag telefoniert er mit seiner Frau, dabei arbeitet er nur sechs Stunden täglich. Und dann wundert er sich auch noch, dass die Arbeit immer mehr wird. Wie soll sie bei der Einstellung auch weniger werden? Oftmals geht das sechs, sieben Mal am Vormittag so. Sollte er wirklich mal was tun, ruft seine Sarah an, und prompt bleibt die Arbeit wieder liegen. Du glaubst doch nicht, dass er sich dann später noch mal dransetzt? Und wenn der Sohnemann seinem Vater noch was erzählen will oder es Probleme gibt, kann es passieren, dass er alles stehen- und liegenlässt und nach Hause fährt. Rate mal, wer den Mist, den er den lieben langen Tag so verzapft, dann wieder ausbügeln kann.«

»Das darfst du nicht tun, ihm jedes Mal wieder aus der Patsche zu helfen. Sei doch nicht so dumm und rette ihm immer wieder seinen Arsch! Lass den Mann doch einfach mal auflaufen«, riet Tobias seiner Liebsten. »Was meinst du, wie dein Chef sich freut?«

»Wenn die Arbeit nicht gemacht wird? Das kann ich nicht tun. Da stehen doch feste Termine dahinter, und außerdem, Schatz, ich mach das ganz bestimmt nicht für Roland, sondern für Florian Richter, der mir wirklich leidtut, wenn er dadurch in die Bredouille kommt und seine Termine nicht halten kann. – Übrigens hat mir Kollegin Beatrix etwas erzählt, das mir den Angstschweiß auf die Stirn treibt.«

»Was denn? Hat es einen Chemieunfall bei Norhepha gegeben?«

»Fast noch schlimmer.«

»Geht denn das?«

»Allerdings. Es sollen schon wieder hundertachtzig Arbeitsplätze abgebaut werden. Ich weiß wirklich nicht, wohin das noch führen soll.«

»Mach dir da mal keine Sorgen. Du bist mittlerweile über dreißig Jahre dort, das können die doch nicht so einfach übergehen.«

»Dein Wort in Gottes Ohr. Aber das hat meine Freundin Elke von der Außenstelle in Frankenberg auch gedacht. Und du weißt, wie schnell die dann das Werk dichtgemacht haben. Das ging doch Knall auf Fall, dass die Mitarbeiter ohne Job dastanden. Und als Dankeschön für die langjährige Mitarbeit war das natürlich kurz vor Weihnachten. Gerade mal sechzig von insgesamt dreihundertsechzig Mitarbeitern haben sie dann übernommen, die anderen sind einfach abserviert worden.«

»Hat sie dafür nicht eine Abfindung bekommen?«

»Schon. Aber der Arbeitsplatz ist in der heutigen Zeit

nicht mit Gold aufzuwiegen. Ich wüsste gar nicht, was ich machen würde, wenn mir …«

Bianca konnte nicht mehr weitersprechen, denn ein dicker Kloß saß ihr im Hals, und Tränen der Angst traten in ihre Augen.

Tobias setzte sich neben seine Frau und legte ihr den Arm um die Schultern. »Schatz, es ist doch gar nicht gesagt, dass dir das Gleiche widerfährt. Behalte doch erst mal die Ruhe und telefoniere mal wieder mit ihr. Lass dir alles erzählen, wie das bei Elke so abgelaufen ist.«

»Gar keine schlechte Idee von dir. Wir haben uns schon seit Ewigkeiten nicht mehr gesehen und müssten mal wieder etwas ausmachen.«

»Tut das. Lade sie und ihren Mann doch mal wieder zu uns ein. – Na, schon besser?«

»Ja … lass uns von was anderem reden. Wie war denn dein Tag?«

»Viel zu lang.«

»Bitte?«

»Na ja«, meinte Tobias grinsend. »Stundenlang allein mit der Hausarbeit, ohne dich, das ist hart.«

»Hättest du die Wäsche gemacht und nicht dauernd deine Nase in deine Briefmarkensammlung gesteckt, dann wäre dir der Tag auch nicht zu lange geworden«, konterte Bianca, und Tobias freute sich, dass die Ablenkung zu wirken begann.

So legte er noch einen Zahn zu, sagte: »Du süßes Biest«, und schmiegte sich zärtlich an seine Frau.

Am nächsten Vormittag um zehn Uhr, die alltägliche Bürobesprechung war gerade vorbei, folgte Norbert Windisch seiner Vierergruppe in eine ruhige Ecke des Labors und sagte in verschwörerischem Ton: »Den Auftrag für die Isländer können wir getrost vergessen.« Fast schien ein triumphierender Unterton in seiner Stimme mitzuschwingen.

»Wieso?«, fragte Jonas Mertens. »Wir hatten doch alles so weit vorbereitet, dass es heute über die Poststelle verschickt werden kann.«

»Wie kommt ihr denn dazu? Ich hatte doch ausdrücklich Anweisung gegeben, damit zu warten, bis die zweite Nachfrist … ist das Paket schon dort?«

»Ich glaube …«, begann Jonas, doch seine drei Jahre ältere Kollegin Daniela fuhr dem kräftig gebauten Mann schnell dazwischen: »Ich habe dir Norberts Anweisung aber gleich weitergemeldet. Die anderen müssten das doch auch gehört haben. Mona, Claudia, ihr wart doch dabei. Nicht dass wieder alles an mir hängenbleibt.«

»Wieso?«, fragte Jonas nach. »Wann war denn das noch mal?«

»Vorletzte Woche.«

»Aber sag mal«, sagte Jonas grinsend, denn er ahnte bereits, worauf sein Chef hinauswollte. »War das nicht dieser Auftrag, bei dem Bianca die Etiketten geklebt hat?«

»Ganz genau«, bestätigte Norbert Windisch. »Deshalb will ich ja, dass er zurückgehalten wird.«

»Wieso denn das?«, fragte Daniela Kolb, der die Verblüffung deutlich ins Gesicht geschrieben stand.

»Mensch, seid ihr heute vielleicht begriffsstutzig. Es ist

doch inzwischen bereits halboffiziell, dass noch einmal hundertachtzig Leute gehen müssen. Glaubt ihr allen Ernstes, dass es keinen von euch trifft? Oder vielleicht sogar mehrere? Soll unsere Abteilung am Ende vielleicht mit einer anderen zusammengelegt werden oder sogar ganz abgeschafft, wollt ihr das wirklich?«

»Natürlich nicht!«, sagte Jonas, und die anderen stimmten mit ein.

»Wie soll dann die Arbeit geschafft werden? Die hohen Herren wissen gar nicht, was sie damit anrichten«, sagte Norbert Windisch listig. »Hört zu, ich habe bereits nach oben weitergemeldet, dass die Etiketten derart schief geklebt sind, dass die Lieferung unmöglich so rausgehen kann. Daraufhin haben die da oben mit Island gesprochen, und dort ist man richtig sauer. Das bedeutet, dass Dr. Bärtig Bianca bereits auf dem Kieker hat. Wenn wir ihr noch zwei, drei solcher Altlasten unterschieben können, meldet er sie als Entlassungskandidat nach oben weiter, und wir sind aus dem Schneider. Außerdem wirft das auf ihren Chef, Florian Richter, kein gutes Licht, zumal seine Abteilung auch einen ziemlich hohen Krankenstand aufweist. Ihr wisst ja, dass von oberster Stelle aus schon mal angedacht war, unsere beiden Gruppen zusammenzulegen. Und Florian ist der Höherqualifizierte. Habt ihr vielleicht Lust, unter Florian Richter zu arbeiten? Ich nicht. Also: Legt Bianca noch zwei, drei dicke Dinger ins Nest und sorgt dafür, dass Florian ahnungslos bleibt. Dann haben wir gewonnen.«

»Aber Norbert«, sagte Daniela Kolb entrüstet, »das … das … geht doch nicht. Du kannst doch nicht alles nur

Bianca anlasten, wir anderen sind davon auch betroffen. Es wird doch immer gegenkontrolliert, bevor es aus dem Labor ausgeschleust wird.«

»Außer uns weiß das doch niemand. Warum bist du auf einmal so zickig, Daniela?«

Norbert drehte sich um und ging, zufrieden mit sich und der Welt, in sein Büro zurück. Seine Mitarbeiter blieben mehr oder weniger verblüfft in ihrem Labor zurück, bis Jonas sagte: »Also, ihr habt gehört, wie's läuft – ran an die Arbeit.«

»Ja, alles klar«, antworteten Mona Ziegelstein und Claudia Schmücker nahezu gleichzeitig, nur Daniela Kolb zögerte für den Bruchteil einer Sekunde. Um ihre Unsicherheit zu überspielen, ging sie zielstrebig aus dem Sterilbereich auf eine andere Tür zu.

Haben die sie noch alle?, dachte Daniela Kolb entsetzt. Das hatte Bianca wirklich nicht verdient, und ausgerechnet der Chef bat seine Mitarbeiter um solche Dreistigkeiten. *Ich fass es nicht, dass wir in so was mit reingezogen werden. Soll doch Norbert sehen, wie er damit klarkommt!* Nein, ihr gefiel das alles nicht. Aber sie konnte sich unmöglich gegen die Kollegen stellen, dann hätte sie selbst nichts mehr zu lachen. Es hatte schließlich lange genug gedauert, bis sie Daniela in ihrer Gruppe akzeptiert hatten. Was sollte sie nur tun? Auf jeden Fall sich in nächster Zeit erst einmal zurückhalten. *Warten wir mal ab, was die Zukunft so mit sich bringt. Notfalls meld' ich mich dann krank.*

Unterdessen war im Büro bei Bianca Müller der Teufel los. Die Arbeit wollte nicht weniger werden, und zu allem Überfluss kam sie gerade an diesem Morgen nicht darum herum, ihre Kenntnisse in der Dateneingabe weiter zu vertiefen.

Sie telefonierte schon seit einiger Zeit mit Dirk Römer, und als der Groschen endlich gefallen war, sagte sie: »Danke für deine Hilfe. Ich denke, dass ich es jetzt verstanden habe. Ich komme morgen mit den Dokumenten rüber zum Abheften. Nur kann ich noch keine Uhrzeit sagen.«

»Das macht doch nichts, nur keine Hektik. Schließlich ist morgen Freitag, und du hast doch auch noch die Ablage bei Sven Nitschke.«

»Genau, die wollte ich heute Mittag machen.«

»Alles klar. Sag doch auch Florian noch mal danke dafür, dass er dich so viel Zeit für mich erübrigen lässt. Du bist mir wirklich eine große Hilfe, und es erleichtert meine Arbeit enorm.«

»Hilfe?«, fragte Bianca. »Wo ich doch immer wieder fragen muss?«

»Sei bitte nicht so bescheiden, denn mir ist jemand lieber, der zwei-, dreimal nachfragt, als einer, der denkt, beim ersten Mal alles verstanden zu haben – und am Ende muss ich dann alles noch einmal kontrollieren, weil ich schon auf den ersten Blick eine Menge Fehler finde. Okay, dann tschüs bis morgen.«

Bianca war froh, dass niemand im Raum war, als sie den Hörer auflegte, denn dieses unerwartete Lob von Dirk hatte sie bis in die Haarspitzen erröten lassen. Gewiss hatte Dirk schon recht, manchmal war sie einfach viel zu bescheiden. Andere trumpften da ganz anders auf und hatten prompt das Glück, befördert zu werden, wie das vor Jahren …

Los, geh an deine Arbeit, sagte Bianca sich. *Im Augenblick ist es so schön ruhig, aber dein Kollege wird bald wieder ins Büro gepoltert kommen. Nütze die Zeit aus.*

Prompt flog kaum zehn Minuten später die Tür so weit auf, dass die Scharniere ächzten, und Roland kam wie immer mit wehendem Kittel hereingestürmt.

»So, da bin ich wieder«, rief er Bianca entgegen, nur leider übersah er dabei den Karton, den er selbst am Morgen in die Mitte des Raumes geschoben hatte, und fiel der Länge nach darüber.

»Um Himmels willen«, schrie Bianca auf. »Hast du dir wehgetan?«

»Nein, nein«, rief er und murmelte etwas, das wie »verdammter Karton« klang.

»Den hast du aber selbst dort hingestellt.«

»Ich …«, kam es gedehnt heraus. Dabei sah er Bianca fragend an.

»Weißt du das nicht mehr?«

»Nö … aber warum denn?«

»Weil er dir im Wege war, als du deine Schreibtischschublade öffnen wolltest. Da hast du ihm vor Wut einen Tritt gegeben. Richtig leid hat mir der Karton dabei getan.«

»… äh, was?«

»Allerdings.«

In dem Moment klingelte Roland Wegners Telefon,

und er stürmte zum Hörer, wobei er sich an der Kante des Schreibtisches stieß und laut aufstöhnte.

Dann humpelte er weiter und hob ab.

»Ach, du bist es, Sarah. Hat alles geklappt? Wann holst du Ben heute aus dem Kindergarten ab?«

Während Roland am Telefon mit seiner Frau diskutierte, nahm Bianca den abgearbeiteten Stapel in die Hand und lochte alle Blätter, die sie dann in Plastikhüllen einschob. In diesem Augenblick wurde die Tür geöffnet, und kein Geringerer als Florian Richter trat ein und bekam das ganze Szenario live mit.

Ach du Scheiße, dachte Bianca. Ob Florian alles mit angehört hatte, was sie zu Roland gesagt hatte? Es war zwar nichts Falsches dabei, aber man wusste ja nie, wie der Chef einem das auslegte.

Nur Roland hatte wie immer gar nicht mitbekommen, dass der Chef im Raum war, da er mit dem Rücken zur Tür stand und heftig mit seiner Frau diskutierte.

»Nee, Sarah, das geht heute gar nicht. Ich muss heute länger hier bleiben und dann im Direktflug zum Zahnarzt durchdüsen. Das musst du heute machen.«

Komische Einteilung, die ihr beide da habt, dachte Bianca und sah ihren Chef freundlich an.

»Wolltest du zu Roland, oder kann ich dir helfen?«

»Roland ist zwar bereits in diese Arbeit eingewiesen, aber wenn ich das soeben Gehörte richtig deute, wird da heute wohl nichts mehr draus. So werde ich dein Angebot dankend annehmen müssen, was ich eigentlich, unter uns gesagt, nicht in Ordnung finde …« Eigentlich wollte Florian noch etwas anfügen, da aber unterdessen

Roland sein Gespräch beendet hatte und sich nun auf den Stuhl fallen ließ, verkniff er es sich.

Was ist denn jetzt los?, dachte er bestürzt. *Seit wann ist der Chef hier? Ich hab ihn gar nicht reinkommen hören.* Dann schaltete er schnell um und sagte zu Florian Richter:

»Na, unser Büro ist so richtig gemütlich ...«

»... zugestellt«, ergänzte Bianca schlagfertig und nahm den nächsten Stapel Papiere zur Hand.

»Das war Spitzenklasse, Bianca, treffender hätte ich es kaum ausdrücken können«, setzte Florian Richter äußerlich ruhig nach, obwohl er vor Ärger kochte. »Doch dagegen lässt sich gewiss was tun, Roland, oder irre ich mich?«

»Die Zeit, die Zeit«, stöhnte Roland theatralisch auf.

»... ich weiß, denn sie verrinnt unaufhaltsam, und du kannst nichts dagegen tun«, setzte Bianca so schnell nach, dass Florian nur staunen konnte.

Wie macht sie das nur?, dachte er. *Sie findet bei Roland immer die richtigen Worte zur rechten Zeit; mich dagegen treibt seine Art zur Weißglut.*

»Hör dir mal diese Frau an, Florian«, forderte Roland den Chef auf.

»Bianca hat doch nichts Falsches gesagt«, setzte Florian geschickt nach, »denn wenn ich dieses Chaos hier sehe ...«

»Florian, lass uns Mitte nächster Woche noch mal darüber reden, dann sieht es hier wieder anders aus«, sagte Roland.

»Richtig«, entfuhr es Bianca spontan, »wahrscheinlich

noch schlimmer. Denn du glaubst doch nicht ernsthaft, dass ich hier das Chaos in Ordnung bringe. Und von selbst verschwinden die Kartons nicht, die dank deiner unnachahmlichen Art aufzuräumen hier überall rumstehen. Ich habe anderes zu tun. Eher türmen sich die Kartons dann schon bis unter die Decke.«

Roland Wegner klappte den Mund auf und wieder zu, denn was sollte er dazu noch sagen? Schließlich war es seine Arbeit. So stand er auf und ging zum Büroschrank hinüber, um etwas herauszuholen. Vorher hatte er allerdings noch alle Hände voll zu tun, den Kleinkram, den er am Vortag nicht weggeräumt hatte, daran zu hindern, ihm entgegenzukommen.

Florian Richter bemerkte das natürlich und sah Roland mit einem langen Blick an, der Bände sprach.

»Ich komme doch hier zu nichts«, versuchte Roland sich zu verteidigen, aber Florian tat so, als ob er nichts mitbekommen hätte, und ging zu Bianca hinüber.

»Sei doch so gut und geh doch mal auf unseren Server, und wenn du mich dann mal an deinen Rechner lässt, erkläre ich dir, was zu machen ist.«

Bianca rutschte zur Seite und überließ ihren Platz dem Chef, der mit dem Stuhl, auf dem er Platz genommen hatte, heranrollte. In wenigen Schritten erklärte er ihr, was in die entsprechende Tabelle eingetragen werden sollte.

»Alles klar, Florian, ich mache dir das heute noch fertig.«

»Aber deine Arbeit ist doch auch wichtig«, wandte der Chef ein. »Wenn du …«

»… aber so wie ich das verstanden habe, brauchst du das noch schneller. Oder ist das falsch?«

»Nein«, bestätigte er und wandte sich dann Roland zu, der seinen Kampf mit dem Büromaterial inzwischen gewonnen hatte, und sagte ungewöhnlich scharf: »Kannst du heute, bevor du gehst, mal kurz zu mir kommen?«

Roland Wegner wollte noch etwas erwidern, aber der Vorgesetzte hatte den Raum fast schon fluchtartig verlassen. Bianca dachte sich ihren Teil und sah den Kollegen freundlich an.

»Was hat der Chef denn?«, fragte Roland verständnislos. »Welche Laus ist dem denn über die Leber gelaufen? Und vor allem, was will er von mir? Verstehst du das?«

»Nein, keine Ahnung«, sagte Bianca scheinheilig, obwohl sie sehr wohl eine Vorstellung davon hatte, dass Florian ihrem Kollegen eine gut gemeinte, aber dennoch eindringliche Ermahnung zukommen lassen wollte.

Gleichzeitig war sie sich aber auch sehr sicher, dass er gar nicht bis zu Roland durchdringen, geschweige denn eine Wirkung erzielen würde.

Deshalb sah sie auch kaum auf und sagte nur kurz: »Okay«, als ihr der Kollege erklärte, er werde wieder in die Vorhalle gehen, um dort heute noch mit seiner Arbeit fertig zu werden.

Endlich war es wieder ruhig im Büro, und Bianca atmete auf. So konnte sie sich der Tabelle widmen, die ihr der Chef erklärt hatte. Sie kam damit gut voran und vor allem besser zurecht, als sie erst befürchtet hatte, und nach einer Dreiviertelstunde hatte sie es bereits geschafft und konnte sich entspannt zurücklehnen.

»Roland, du hättest dafür bestimmt drei Tage gebraucht, obwohl du am Rechner erheblich fitter bist als ich«, murmelte sie vor sich hin – und fuhr zusammen, denn die Tür zum Büro ging unvermittelt auf.

»Bianca, wo ist denn Roland?«, fragte Florian.

»In der Vorhalle.«

»Bist du dir da sicher? Ich bin soeben dort durchgekommen, aber da ist keiner.«

»Das hat er zumindest gesagt.«

»Dann warte ich kurz hier, er kann doch nicht ewig wegbleiben.«

»Ich habe übrigens deine Tabelle fertig.«

»Was, schon? Spitze. Damit habe ich noch gar nicht gerechnet. Gab es irgendwelche Schwierigkeiten damit?«

»Nein.«

»Dann lass mal sehen.«

Schnell rief Bianca die Tabelle wieder auf, Florian sah kurz darüber und sagte anerkennend: »Saubere Arbeit. Roland hätte dafür mehrere Tage gebraucht, so oft wie er zwischendurch fortrennt und was anderes anfängt. Jetzt bin ich doppelt froh, dass du das gemacht hast. Dann kann die Tabelle heute noch in Nitschkes Abteilung weitergegeben werden, und er kann das vor seinem Urlaub noch erledigen. Das hast du gut gemacht, Bianca. Wäre es nach dem Kollegen gegangen, hätte das zwar noch Zeit gehabt, aber mir hat das überhaupt nicht gefallen. Dann hätte das Ganze noch zwei Wochen herumgelegen, und der oberste Chef unserer Abteilung wäre die Wände hochgegangen. Jetzt hat Sven noch zwei Tage Zeit, die er aber unter uns gesagt nicht dafür braucht.«

So vertiefte sich Bianca wieder in ihre Arbeit, während Florian Richter etwas im Büroschrank suchte.

»Verflucht noch mal«, murmelte er und suchte die Reihen nochmals ab. »Wo ist denn dieser Ordner schon wieder?«

»Hier auf dem Tisch stehen noch etliche herum, Florian«, sagte Bianca, als sie sein Fluchen mitbekam.

»Danke, dann schau ich mal dort.«

Aber leider fand er den gewünschten Ordner dort auch nicht.

»Da fällt mir gerade was ein«, sagte Bianca schnell. »Roland hat einige Ordner in das Aufbewahrungslager der Substanzen mitgenommen. Vielleicht sind sie da.«

»Das wäre mal wieder typisch für ihn«, sagte Florian Richter. »Übrigens wollte ich dich was fragen, aber ohne Zuhörer. Sag mir doch Bescheid, wenn Roland gegangen ist.«

»Mach ich.«

Gerade als Bianca die nächsten Dokumente wieder zur Hand nahm, klingelte ihr Telefon.

»Müller«, meldete sie sich schnell.

»Römer hier, hast du eine Ahnung, wo dein Chef steckt? Ich versuche ihn schon die ganze Zeit zu erreichen.«

»Er ist gerade hier, Dirk, warte, ich gebe dir Florian.«

»Dirk Römer will dich dringend sprechen«, informierte Bianca ihren Chef und reichte den Hörer weiter.

Die beiden Männer telefonierten kurz miteinander, und schließlich sagte Florian: »Danke, das war gut, diese Info ist sehr wertvoll.« Dann legte er auf.

Bianca merkte, dass ihr Vorgesetzter kurz nachdachte, bevor er zu ihr sagte: »Wenn Roland zurückkommt, soll er bitte gleich zu mir ins Büro kommen, sag ihm das. Sonst vergisst er es am Ende doch wieder.«

Florian war kaum auf dem Flur und wollte in sein eigenes Büro zurück, da erblickte er Roland, der seinen Vorgesetzten wiederum erst bemerkte, als er direkt vor ihm stand.

»Zu dir wollte ich gerade.«

»Bin schon wieder da!«, rief Roland so laut aus, dass selbst die Kollegen in den anderen Räumen es mitbekamen.

»Du kommst gerade aus der Vorhalle?«

»Nein, ich war mal kurz in meiner früheren Abteilung.«

»So? Was gab es denn da so Wichtiges? Mit deiner Übernahme hierher kann es doch nichts mehr zu tun haben. Das ist doch längst geklärt.«

»War was anderes. Ist aber jetzt erledigt.«

»Hast du kurz Zeit für mich?«, rief Florian ihm schnell nach, da Roland sich inzwischen schon an seinem Vorgesetzten vorbeigemogelt hatte und in sein Büro stürmte. Florian folgte ihm und sah, wie Roland sich auf den Stuhl an seinen Schreibtisch fallen ließ, dass es nur so knackte.

»Ist das, was du mir zu sagen hast, denn wirklich so dringend, oder hat es noch etwas Zeit? Ich muss noch Bestellungen machen. Die Gruppe um die Leiterin Katja Jendrasch wartet darauf.«

»Ja, es ist allerdings dringend.«

Bianca nahm ihren Stoffbeutel mit den Dokumenten und stand schnell auf: »Ich bin mal bei Dirk Römer.«

Als sie zwanzig Minuten später wieder an ihrem Schreibtisch saß, machte ihr Kollege Roland gerade seine Tasche zu.

»Nanu, schon Feierabend?«

»Schon ist gut. Es wird allerhöchste Eisenbahn, denn es ist zehn vor zwei. Eigentlich hätte ich vor einer halben Stunde gehen müssen.«

»Dann pass nur auf, dass du nicht zu lange da bist«, stichelte Bianca, »sonst fährt die Eisenbahn ohne dich.«

»Wie meinst … na ja, ich bleibe hier sowieso keine Sekunde länger als unbedingt notwendig. Florian wird sich noch wundern, dafür werde ich sorgen.«

»Ist was passiert, oder warum bist du so sauer?«

»Das bin ich nicht, aber ich kenne meine Rechte. Ich weiß nicht, was dieser Mann sich eigentlich einbildet. Das kann er nicht von mir verlangen, da spiele ich nicht mit. Tschüs, bis morgen.«

Er schoss wie ein geölter Blitz aus dem Büro. *Na, das dürfte ordentlich gekracht haben, dachte Bianca, und scheint auch noch nicht ausgestanden zu sein. Wenn der so weitermacht, ist er bei der nächsten Entlassungswelle dabei.*

Mit der trügerischen Sicherheit im Rücken, dass ihr Chef so zufrieden mit ihr war, arbeitete Bianca in Windeseile den riesigen Berg Dokumente ab, und als sie das nächste Mal auf ihre Armbanduhr schaute, sah sie, dass die Zeiger der Uhr bereits über die Halb-vier-Marke vorgerückt waren.

»Genug gearbeitet«, sagte sie zu sich und dachte an ihren Mann, der bestimmt schon mit dem Auto am Werkstor stand.

Während sie den Rechner herunterfuhr, sah sie zum Fenster hinaus und entdeckte vor dem Eingang Dr. Bärtig, der in der werksinternen Hierarchie eine Stufe über Florian Richter rangierte.

So hoher Besuch?, dachte sie. *Zu wem der wohl will?*

Wenige Augenblicke später, als es an die Bürotür klopfte und Dr. Bärtig eintrat, war zumindest das klar. Er angelte sich den Stuhl, der am nächsten Schreibtisch stand, und lümmelte sich dort hinein, wie er es von seinem Büro her gewohnt war.

Meine Güte, dachte Bianca. *Hat der Mann überhaupt kein Benehmen?*

»Herr Dr. Bärtig, was kann ich für Sie tun?«

»Ganz einfach«, parierte der nächsthöhere Boss. »Bitte holen Sie sich einen Termin bei Frau Thieme im Personalbüro und besprechen mit ihr die Modalitäten für einen Aufhebungsvertrag.«

»Soll das ein Witz sein?«, brach es aus Bianca heraus. »Für was denn? Ich habe mehr als genug Arbeit. Außerdem brauche ich meinen Job, ich bin Alleinverdienerin! Mein Mann bekommt aus gesundheitlichen Gründen schon seit Jahren keine Arbeit mehr.«

»Jetzt flippen Sie nicht gleich aus«, entgegnete Bärtig nicht minder scharf. »Aber Leute wie Sie sind eine Belastung für das Unternehmen. So war die Arbeit, die Sie bei Herrn Windischs Gruppe geleistet haben, wohl nicht die richtige für Sie. Denn das Wenige, was Sie gemacht haben, war auch noch falsch. So haben wir zum Beispiel wegen Ihrer schlampigen Arbeit einen großen und wichtigen Auftrag verloren. Ich will Ihnen ja noch nicht mal Absicht unterstellen …«

»Wie kommen Sie darauf? Also, jetzt reicht's mir aber wirklich. Beleidigen lasse ich mich nicht und mir auch nicht sagen, dass ich schlampige Arbeit gemacht habe. Das sind ungeheure Unterstellungen, und die müssen Sie erst beweisen. Außerdem stand ich oft genug mit Jonas Mertens bis halb fünf im Labor, nur weil mittags noch ein wichtiger Auftrag kam. Da haben sich die anderen aus der Abteilung schon zu Hause auf dem Sofa rumgelümmelt. Das können Sie mit mir nicht machen!«

»Leugnen ist ohnehin sinnlos, also reden Sie nicht einen solchen Unfug zusammen«, sagte Dr. Bärtig, der keinesfalls damit gerechnet hatte, auf einen derartig erbitterten Widerstand zu treffen.

»Es ist die reine Wahrheit, und jetzt sage ich kein Wort mehr dazu.«

»Das ist Ihr gutes Recht, zu schweigen. Hauptsache, Sie holen sich möglichst schnell einen Termin bei Frau Thieme.«

»Wissen Sie was, Herr Dr. Bärtig?«, rief Bianca mit dem Mut der Verzweiflung aus, und da sie merkte, dass ihr direkter Vorgesetzter in der offenen Tür stand, fuhr sie erstaunlich selbstbewusst fort: »Sie wollen diesen Termin doch. Dann machen Sie ihn auch selbst aus; ich mache mich doch nicht lächerlich.«

»Jetzt reicht's mir aber auch, denn ich habe das alles im Guten gesagt, es geht auch anders«, drohte Dr. Bärtig und stand auf.

»… und mir reicht's erst recht«, schob Florian Richter hinterher. »Wie gehen Sie denn mit meiner Mitarbeiterin um? Schluss jetzt für heute, Bianca, es war ein langer Arbeitstag.«

»Ach nee, der Einzige, der hier was tut, bin ich. Na, dann auf Wiedersehen«, sagte der höhere Chef mit eisiger Stimme und ging davon, denn weder Florian noch Bianca erwiderten seinen Gruß, und er erwartete es auch nicht.

Kaum hatte Bruno Bärtig das Büro verlassen, wandte sich Florian an seine Mitarbeiterin: »Bianca, das hast du prima gemacht. Diesem arroganten Typen hast du es angemessen gegeben. An der Nuss hat er gewiss noch eine Zeitlang zu knacken.«

»Ich aber auch«, gestand Bianca heiser ein. »Kannst du mir sagen, was das soll? Will der Idiot mich auf elegante Weise loswerden? Mit welcher Begründung denn? So schlecht arbeite ich nun auch wieder nicht. Wahrscheinlich würdest du mir sonst gehörig die Leviten lesen. Und dass er mich faul, langsam und liederlich nennt, das kann ich überhaupt nicht fassen.«

»Hat er das so gesagt?«

»Ja, dem Sinn nach.«

»Unerhört«, sagte Florian Richter, dem nichts mehr dazu einfiel. »Aber wie ich schon sagte: Wir machen jetzt beide Feierabend, und morgen reden wir weiter. Es ist wirklich schon spät. Schönen Abend.«

»Ja, danke, dir auch. Mir ist er aber jetzt schon ver-
dorben.«

»Mach dich nicht so verrückt. Da ist noch lange nicht
das letzte Wort gesprochen. Ich muss morgen mal mit
dir über etwas reden, aber bitte keine Panik. Ich will nur
eine Info von dir.«

»In Ordnung.«

4.

Als Bianca durchs Werkstor trat, hatte sie sich wieder so weit beruhigt, dass sie zu ihrem Mann ins Auto steigen konnte, ohne gleich loszuheulen, obwohl ihr wirklich danach zumute war.

»Hallo, Schatz, schön dich wiederzusehen«, begrüßte ihr Mann sie und wollte ihr eigentlich vorschlagen, am Abend zu ihrem Lieblingsitaliener zu gehen, aber das »Hallo« von Bianca kam so kläglich rüber, dass er sofort fragte: »Schatz, was ist denn los?«

»Warte, bis wir zu Hause sind, denn das, was eben geschehen ist, haut dich glatt von den Socken.«

»Klar doch, mein Liebling«, sagte Tobias Müller zärtlich und fuhr seiner Frau tröstend über den Arm.

Ihm war klar, dass etwas Gravierendes passiert sein musste, das sie derart aufwühlte, mehr als jemals zuvor in den achtzehn Jahren, die sie sich nun kannten.

Kaum zu Hause angekommen, konnte Bianca sich nicht länger zurückhalten, und sie platzte, noch bevor sie im Wohnzimmer saßen, heraus: »Stell dir doch mal vor, vorhin war Dr. Bärtig bei mir im Büro …«

»Ach, deshalb warst du so spät dran.«

»Ja, ich wollte anschließend noch ein paar Worte mit Florian reden und er auch mit mir.«

»Aber wieso denn das? Nach einer Beförderung sieht es mir nicht gerade aus …«

»Doch, durchaus, aber an die frische Luft.«

»Soll das heißen, dass …?«

»Bärtig hat mir nahegelegt, einen Aufhebungsvertrag zu unterzeichnen. Ich soll mir doch schnell einen Termin bei Frau Thieme im Personalbüro holen und mich mit ihr besprechen.«

»Ist der noch ganz dicht? Wie soll denn das gehen?«, rief Tobias erschrocken. »Du bist Alleinverdienerin, und unsere Eigentumswohnung ist auch noch nicht abgezahlt. Das soll er sich mal ganz schnell abschminken. Was hat der Typ eigentlich gegen dich?«

»Wenn ich das nur wüsste. Aber ich habe ihm ganz schön gekontert und ihn in meinem eigenen Büro runtergeputzt. Dann kam Florian dazu und hat sich dazwischengeschaltet. Was meinst du, wie der Idiot abgedüst ist? Wutentbrannt und rasend schnell.«

»Das hast du gut gemacht.«

»Das hat Florian auch gesagt. Außerdem will er morgen mit mir über irgendwas reden, hat aber gemeint, ich solle mir keine Gedanken machen, denn er will nur was wissen. Aber ich bin misstrauisch geworden …«

»Das kann ich gut verstehen, aber du kennst doch deinen eigenen Chef. Wenn er das so zu dir sagt, dann kann es doch nicht allzu schlimm werden. Oder? Aber sag mal: Hast du nicht Lust dazu, den Abend einigermaßen versöhnlich ausklingen zu lassen?«

»Wie meinst du das?«

»Italienisch oder griechisch?«

»Liebend gerne, Schatz. Nach Kochen ist mir kaum zumute.«

Am nächsten Morgen um Viertel vor acht, von ihrem Kollegen Roland war weit und breit noch nichts zu sehen und sie seit einer guten Stunde am Arbeiten, nahm Bianca den Telefonhörer ab und wählte die Nummer der Vertrauensfrau Sibylle Gerlach, die sie schon seit Grundschultagen kannte. Mit ihr konnte sie ungezwungen reden.

»Gerlach«, hörte sie die Stimme der früheren Klassenkameradin, meldete sich und fragte ohne lange Vorrede: »Wann könnte ich denn einmal zu dir kommen? Wann hast du Zeit, es ist dringend!«

Am Tonfall merkte Sibylle gleich, dass es wirklich eilig war. Etwas Schwerwiegendes musste vorgefallen sein, wenn Bianca sie bereits so früh am Morgen anrief.

Nach einem Blick in ihren Kalender sagte sie: »Am Montag um zwölf, wenn es bei dir passt.«

»Das mache ich passend, danke, denn es ist wirklich sehr wichtig. Ich wünsche dir ein schönes Wochenende.«

»Ich dir auch.«

So, der erste Schritt wäre getan, dachte Bianca und lehnte sich in ihrem Stuhl zurück. *Warte nur, Herr Dr. Bärtig, so leicht mach ich es dir nicht.*

Sibylle Gerlach dachte noch einen Moment lang über Bianca und ihre aufgeregt klingende Stimme nach. Da sie Bianca seit Ewigkeiten kannte, hatte sie den Unterschied zu sonst, wenn sie sich auf dem Werksgelände zufällig einmal trafen, schon bei ihrem ersten Wort bemerkt.

Meine Güte, dachte Sibylle. Was war denn bei Bianca los? So kannte sie sie ja gar nicht; irgendwie klang sie so aufgewühlt, als hätte sie die ganze Nacht nicht geschlafen. Na ja, wenn sie sich am Wochenende ein bisschen ausgeruht hatte, würde es vielleicht am Montag wieder besser sein. *Warten wir mal ab, worum es geht.* Dass sie nicht nur für ein Kaffeekränzchen zu ihr kommen wollte, war indes so sicher wie …

In dem Moment begann das Telefon auf ihrem Schreibtisch zu läuten.

»Morgen«, trompetete Roland Wegner in den Raum hinein und stürmte an seinen Platz, aber Bianca nahm im Moment keine Notiz davon und zählte in ihrer Tabelle etwas zu Ende.

»Morgen«, grüßte sie kurz zurück und sah kaum zu ihm hin, da Roland nicht bemerken sollte, wie ihr zumute war.

Vielleicht ließ sich das ganze Desaster mit Sibylles Hilfe doch noch abwenden, ohne dass einer der Kollegen etwas merkte.

Erst als sie sich wieder einigermaßen im Griff hatte, sah sie grinsend auf und sagte schnippisch wie eh und je: »Na, hat sich dein Wecker schon ins Wochenende verabschiedet?«

»Sieht so aus. Was meinst du wohl, wann ich heute aufgestanden bin?«

»Deiner Hektik nach zu urteilen schätze ich mal vor ungefähr zwanzig Minuten.«

»Du wirst auch immer besser«, sagte Roland anerkennend, dann nahm er den Hörer ab, als sein Telefon zu klingeln begann.

»Hallo, Sarah, was gibt's denn?«

Nicht schon wieder, dachte Bianca. Sie konnte es nicht lassen, sie beobachtete sein Mienenspiel und ahnte schon, was kommen würde. Prompt lief es auch so ab.

»Dann gib mir Ben mal.«

Bianca verdrehte die Augen. Erst kam er so spät, schließlich war es zwanzig nach acht, dann telefonierte er stundenlang mit seiner Sarah, und war er erst mal von der Probenrunde zurück, dann ging er schon bald wieder nach Hause. Und seine Arbeit blieb wieder einmal an ihr hängen. *Spinnt der oder ich?*

»Jetzt gehst du mal schön in den Kindergarten, Ben«, hörte Bianca den Kollegen sagen, »ob du Lust hast oder nicht, interessiert mich nicht. Das steht nicht auf dem Programm.«

Aber deine Runde mit dem Auto, dachte Bianca. *Wenn du dabei nur halb so konsequent wärst wie bei deinem Sohn, hätten wir hier wahrlich das Paradies auf Erden, und du Esel würdest deine Arbeit meistens schaffen.*

In der Zwischenzeit hatte der Kollege sein Telefonat beendet und sagte schnell: »Ich fahr dann mal.«

»Augenblick noch, Roland, jetzt lässt du mich bitte erst mal zu Wort kommen!«

»Das mache ich doch den ganzen Tag.«

»Davon wüsste ich aber was.«

»Ich weiß schon gar nicht mehr, wo mir der Kopf steht«, jammerte Roland. »Hat das nicht bis nachher Zeit?«

»Nein, das ist wichtig. Also: Dr. Schwarz bittet um deinen Rückruf, und er sagte, es sei dringend. Mona Ziegelstein hat Eiliges für die Poststelle mitzunehmen, und Anna Sanchez ist seit acht Uhr im Büro und wartet auf dich.«

»Wie bitte, um acht?«

»Ich weiß, da bist du, wenn es gut läuft, gerade mal aufgestanden.«

»Richtig.«

»Das kann Anna nicht ahnen«, sagte Bianca ungerührt und sortierte dabei den nächsten Packen Dokumente.

»Also, bis nachher.«

»Und Dr. Schwarz?«

»Soll warten, bis ich Zeit habe.«

Na, du Goldstück hast vielleicht Nerven, dachte Bianca, während die Tür hinter ihrem Kollegen ins Schloss fiel. Der Tag konnte noch heiter werden.

Plötzlich packte Bianca so heftig der Zorn, dass sie am liebsten alles stehen und liegen gelassen hätte und nach Hause gegangen wäre, aber das war undenkbar. Sollte sie Dr. Bärtig auch noch Material gegen sie in die Hand geben?

Mit einem tiefen Seufzer machte sie sich wieder an die Arbeit und dachte fatalistisch: *Keiner macht was, jeder schiebt mir seinen Mist in die Schuhe, und ich bekomme am Ende dafür die Quittung. Na, danke schön.*

In dem Moment klopfte es, und Bianca rief: »Herein.«

Dann drehte sie sich um und sah Dr. Alex Schwarz freundlich an.

»Guten Morgen«, grüßte der Chef der Gruppe Standard Ausland. »Ich war gerade unterwegs zu einem Termin und dachte, ich komm mal vorbei. Dann kann ich mit Ihrem Kollegen selbst reden.«

»Da haben Sie leider Pech«, antwortete Bianca. »Mein Kollege ist mit dem Auto unterwegs.«

»Bringt er wenigstens die Dokumente für den Versand Ausland weg?«

»Das kann ich Ihnen nicht sagen, tut mir leid.«

»Ihnen muss das nicht leidtun, aber Ihrem Kollegen. Ich hoffe für ihn, dass er sie dabeihat.«

Oje, dachte Bianca, *das gibt für Roland die nächste Standpauke.*

Abermals öffnete sich die Tür, und Florian Richter betrat mit einem fröhlichen »Morgen allerseits« das Büro. »Na, da kann ich das Telefon lange bei Ihnen klingeln lassen, Herr Dr. Schwarz«, sagte er augenzwinkernd, »ich müsste etwas mit Ihnen besprechen.«

»Können wir das später machen? Ich bin gerade auf dem Sprung zu einer Sitzung. Wissen Sie zufällig, ob Herr Wegner die Dokumente für Versand Ausland mitgenommen hat?«

»Da bin ich überfragt, aber Bianca …«

»Frau Müller habe ich schon gefragt, denn es waren wichtige und äußerst dringende dabei, die sofort in die Post müssen.«

»Dann können wir nur hoffen, dass das in Ordnung geht«, meinte Florian Richter.

»Bis später«, sagte Alex Schwarz und wandte sich zur Tür. »Nach der Sitzung komme ich noch mal vorbei. Ich möchte Sie aber bitten, Frau Müller, Ihren Kollegen nicht vorzuwarnen.«

»Okay«, sagte Bianca, die sich das schon selbst überlegt hatte.

Nachdem Dr. Schwarz die Abteilung verlassen hatte, machte es Florian sich auf dem Stuhl bequem. Da er ziemlich großgewachsen war, nahm er sehr gerne Platz, aber anders als Dr. Bärtig setzte er sich aufrecht hin.

»Na, Bianca, hast du dich von gestern etwas beruhigt?«

»Na ja, ein bisschen. Aber trotzdem …«

»Ich weiß, dass das nicht einfach ist, aber die Arbeit muss ja weitergehen.«

»Ganz genau – du wolltest doch was mit mir besprechen.«

»Ich habe eben auch gedacht, dass die Gelegenheit günstig ist. Kommt drauf an, wie lange dein Kollege braucht.«

»Das weiß man nie.«

»Also: Norbert Windisch hat mich gestern Nachmittag angerufen und mir quasi den halben Nachmittag geklaut.«

»Wie bitte?«

»Tja … als hätte man sonst keine Arbeit. Er hat mir jedenfalls erzählt, dass der Auftrag für die Isländer geplatzt wäre und dass das ausschließlich an den grottenschief geklebten Etiketten gelegen hätte. Er hat mir gesagt, dass du sie aufgeklebt hast.«

»Wie soll denn das gehen, ich bin doch seit Monaten hier in der Abteilung.«

»Das ist richtig, doch es soll schon länger zurückliegen, dass du einige Lieferungen, die auf Abruf benötigt wurden, fertiggemacht hast. Sie sagen, sie hätten dir wohl zu sehr vertraut und erst sehr spät bemerkt, wie schlampig du wirklich gearbeitet hättest. Bitte versteh mich jetzt nicht falsch. Ich wollte erst mal deine Version dazu hören, bevor ich Norbert eine Antwort gebe.«

»Das finde ich gut.«

»Vor allem fair, würde ich sagen.«

»Unbedingt.«

»Also, kannst du dich an diesen Vorgang noch erinnern?«

»Dazu müsste ich wissen, um welche Substanz es sich handelt und wann das genau war.«

»Moment mal, ich frage nach.«

»Das hat Herr Windisch nicht gesagt?«, empörte sich Bianca. »Gute Nerven hat der Mann. Stellt Behauptungen auf und kann nicht mal definieren, um welche Substanz es sich dabei handelt.«

»Allerdings.«

Schnell wählte Florian Richter die Nummer, die er auswendig kannte, und hatte sein Gegenüber auch prompt an der Strippe.

»Morgen, Norbert, hier spricht Florian … Sag mal, zu dem, was du mir gestern Nachmittag erzählt hast … um welche Substanz handelte es sich denn? Und wann soll das gewesen sein?«

Er hörte eine ganze Weile zu und sagte schließlich: »Danke für deine Info, das war's auch schon. Tschüs.«

Rasch gab Florian, was er erfahren hatte, an seine Mitarbeiterin weiter.

»Da kann was nicht ganz passen«, sagte Bianca sofort. »Der zehnte Februar stimmt nicht. Ich war bis vierzehnten krankgeschrieben und erst am siebzehnten wieder da.«

»Weißt du das genau?«

»Hundert pro, außerdem steht das in meinem Kalender.«

»Vielleicht fällt dir dazu noch irgendwas ein«, ermunterte Florian sie.

»Garantiert, aber gib mir etwas Zeit dafür«, bat Bianca. »Dazu muss ich in Ruhe nachdenken. Ich sag dir dann Bescheid.«

»Alles klar.«

»Aber weißt du, was ich trotzdem nicht verstehe?«

»Was denn?«

»Es geht doch keine Substanz aus dem Labor, die von denen nicht kritisch unter die Lupe genommen und vor allem zum Ausschleusen freigegeben wird.«

»Das ist hochinteressant und viel wert.«

»… und außerdem: Sind die da drüben so blöd und glauben, dass ich das nicht weiß?«

»Guten Morgen, Frau Thieme«, sagte Dr. Bernd Kähler zu seiner Sekretärin, als er das Vorzimmer betrat.

»Einen schönen guten Morgen, Herr Dr. Kähler«, antwortete Marion Thieme noch freundlicher als sonst und dachte: *Oje, wenn der Chef so früh so freundlich ist, kommt das dicke Ende meist hinterher, und das an einem Freitag.* Mal sehen, wie sie ihn bei Laune halten konnte, denn sie würde gern um fünfzehn Uhr Feierabend machen. Am besten kochte sie ihm erst einmal einen starken Kaffee, ganz so, wie er ihn wollte.

Keine zehn Minuten später klopfte Marion Thieme an die Tür zum Chefzimmer und trat mit einem Tablett in der Hand ein, auf dem eine Kanne Kaffee, Milch und Zucker standen. Sogar an die Lieblingsplätzchen ihres Chefs hatte sie gedacht. Je nach Laune würde der Kommentar von ihm dann ausfallen. Das konnte von einem müden »Ist gut, danke« bis hin zu einer anzüglichen Bemerkung gehen. Aber was tat man nicht alles, um wenigstens einmal früher wegzukommen.

Als sie an seinem Schreibtisch stand, sah Dr. Kähler kurz auf und sagte: »Danke, Frau Thieme. Sie sind eine Perle«, dann grinste er und schickte hinterher: »Oh, meine Lieblingsplätzchen, die sind genauso süß wie Sie.«

Das wirst du gleich merken, dachte Marion, dann erwiderte sie: »Ich würde heute gern um fünfzehn Uhr Feierabend machen, geht das, Herr Dr. Kähler?«

»Aber klar doch«, sagte er erstaunlich aufgeräumt. »Machen Sie sich ein schönes Wochenende mit Ihrem Verlobten. Wann wollten Sie noch mal heiraten?«

»Geplant ist nächstes Jahr Ostern.«

»So gut wie Sie möchte ich's auch mal haben«, sagte Dr. Kähler ungerührt.

»Herr Kähler, ich habe Ihnen die nächsten fünf Aufhebungsverträge fertiggemacht. Sie müssten sie nur noch absegnen.«

»Ja, später, jetzt sind erst mal die Börsennachrichten dran«, sagte er bereits wieder ein wenig unwirsch, denn Marion Thieme hatte den Doktortitel in der Anrede wie so oft weggelassen, und das mochte er ganz und gar nicht.

Auch Dr. Bärtig hatte sich in den Börsenteil seiner Zeitung vertieft, als es an der Tür klopfte und Norbert Windisch eintrat.

»Guten Morgen. Ich wollte dich nicht lange stören, aber ich brauche einige Unterschriften von dir.«

Dr. Bärtig nahm die Dokumente unwillig entgegen und unterschrieb alle, ohne sie auch nur ein einziges Mal anzusehen.

Unterdessen bemerkte er, dass Norbert Windisch noch etwas auf dem Herzen hatte.

»Ist noch was?«

»Ja, ich wollte wissen, wie es …«

»… mit den drei von der Direktion geforderten Aufhebungsverträgen weitergeht?«

»Ja, genau.«

»Jedenfalls nicht so wie bisher. Ich werde weiter versuchen, deine Gruppe rauszuhalten, aber dann dürft ihr nicht solch einen Pfusch abliefern wie bei Bianca Müller. Ich hatte bereits an die Direktion weitergeleitet, dass uns der Auftrag für die Isländer wegen Biancas Schlamperei durch die Lappen gegangen ist, und dann stellt sich heraus, dass der Auftrag gerade noch rechtzeitig das Werk verlassen hat. Ich hab es bei denen da oben so gedreht, dass das allein dem Fleiß und der Aufmerksamkeit eurer Abteilung zu verdanken ist. Also bringt mir in Zukunft handfeste Dinge, oder ich kann deine Gruppe nicht mehr schützen. – Ach ja, Florian Richter wird mir in letzter Zeit auch zu aufmüpfig. Wenn du irgendwas gegen ihn in der Hand hast, immer her damit.«

»Wir werden uns bemühen.«

Von den beiden unbemerkt, stand Dirk Römer auf dem Flur vor der spaltbreit geöffneten Bürotür. Er war gerade auf dem Weg in die oberste Etage gewesen, als er die Stimmen vernahm, und als er den Namen Bianca Müller aufschnappte, blieb er einen Moment stehen und lauschte. Keinen Moment zu früh ging er weiter und sah noch im Augenwinkel, dass Norbert Windisch das Büro von Dr. Bärtig verließ.

Was war das denn?, dachte Dirk Römer bestürzt. Da ging es doch eindeutig um Florians Gruppe. Was hatte dieser Bärtig eigentlich vor? Ausgerechnet mit Bianca, die sich so toll in seinen Bereich eingearbeitet hatte? Er konnte sich schon gar nicht mehr vorstellen, wie das alles ohne sie laufen sollte. Bianca nahm ihm so viele Arbeiten ab, dass er sogar wieder die Zeit aufbringen könnte, mit ihr zusammen das Archiv auf Vordermann zu bringen. Aber auch seine Kollegin Eva war mit seiner Mitarbeiterin sehr zufrieden. Sie hatte ihm versichert, dass sie ihr jederzeit Dokumente zum Verteilen mitgeben könne und Bianca, ohne lange instruiert zu werden, Unterlagen von anderen Stellen zurückbringe. So profitiere auch seine Mitarbeiterin noch davon. Jedenfalls würde er Augen und Ohren offen halten, um zu erfahren, was da vor sich ging, und sich zu gegebener Zeit an Florian wenden.

»Mein Gott, ist das heute wieder eine Hektik«, stöhnte Roland Wegner, als er ins Büro zurückkam und sich auf seinem Stuhl niederließ.

»Du könntest es sehr viel leichter haben.«

»Ich weiß schon, was du sagen willst, Bianca«, antwortete Roland eine Spur zu einsichtig. »Du meinst, wenn ich nur zehn Minuten früher hier wäre, bräuchte ich nicht so zu hetzen. Stimmt's?«

»Endlich siehst du es ein, hat ja lange genug gedauert. Du machst dir doch deine Hektik selbst! Eine gute Einteilung ist schon die halbe Arbeit. Meinst du nicht auch?«

»Mag sein, dass du recht hast, aber ohne geht's, wie du siehst, auch; ist oftmals sogar bequemer.«

Wenn man das Chaos liebt, schon, dachte Bianca und biss in ihr Schinkenbrot, denn sie hatte Hunger, und es war Frühstückszeit. Auch wenn die ganze Situation hier sie im Moment nervte, den Appetit nahm ihr das nicht.

»Bevor du wieder weg bist und ich es vergesse«, sagte Bianca zwischen zwei Bissen, »Claudia Schmücker hat angerufen und bittet um deinen Rückruf.«

»Was will denn die schon wieder? Ich war doch eben erst drüben und habe die Proben abgeholt. Sie war doch selbst im Verteilerraum mit dabei.«

»Keine Ahnung, das hat sie mir nicht gesagt. Die Frau hatte keine gute Laune und war ziemlich einsilbig. Außerdem hat Dr. Schwarz noch mal angerufen.« Dabei verschwieg sie ihm diskret, dass der Chef von Standard Ausland vorhin im Büro war, und hoffte inständig, dass der das selbst auch noch wusste. Bei den meisten Chefs wusste man ja nie, was sie sich merkten und was nicht. Nur bei Florian Richter konnte sie da sicher sein, denn er vergaß nie etwas.

»Ach nee, nicht schon wieder«, stöhnte Roland laut auf. »Jetzt gehe ich erst mal frühstücken, ich hab einen gewaltigen Kohldampf. Schließlich muss ich um zwölf dringend weg, und niemand kann von mir verlangen, dass ich durcharbeite.«

Sprach's und war schon mit der Brotdose unter dem Arm aus dem Raum verschwunden. *Das nenn ich Arbeitsmoral*, dachte Bianca grinsend. Erst gegen halb neun kommen und dann um zwölf wieder gehen. Er sollte es besser nicht auf die Spitze treiben, denn auch wenn Florian der geduldigste Vorgesetzte war, den sie kannte, irgendwann reichte es ihm auch mal.

Dann fiel ihr plötzlich ihr Gespräch mit Dr. Bärtig wieder ein, das sie bisher recht erfolgreich verdrängt hatte, und ein unbändiger Zorn packte sie.

Warum rackerte sie sich eigentlich hier so ab? Alles, was man zum Dank bekam, war die Aufforderung, einen Aufhebungsvertrag zu unterzeichnen. Aber die sollten nur abwarten, so leicht würde sie es ihnen nicht machen. Sie würde mit allen ihr zur Verfügung stehenden Mitteln dagegen ankämpfen.

Nach diesen Gedanken war Biancas Zorn auch schon wieder verraucht, und sie ging mit neuer Energie an die Arbeit. Sie hatte vor, bis zur alltäglichen Besprechung, die um zehn im ersten Stock stattfand, einen Großteil der Unterlagen abzuarbeiten, und sie kam auch ganz gut voran. Schließlich wollte sie um halb zwölf in die Abteilung SV 1 zu Dirk Römer gehen, wo die Schulungsunterlagen verwaltet wurden, und ihre Ablage in die Ordner abheften. Damit hätte sie schätzungsweise bis gegen dreizehn Uhr zu tun und könnte dann ins wohlverdiente Wochenende starten.

Bianca wollte gerade zum Besprechungsraum aufbrechen, da klingelte das Telefon ihres Kollegen. Sie nahm den Hörer, der mitten auf dem großen Tisch lag, und meldete sich.

»Oh, Verzeihung, ich habe mich verwählt. Ich wollte eigentlich Ihren Kollegen sprechen«, sagte Alex Schwarz.

»Nein, die Nummer ist schon richtig, es ist sein Apparat, aber Roland ist nicht im Büro.«

»Wann kommt er denn wieder? Ich bräuchte ihn dringend, denn er müsste für mich Dokumente im Außenlager in Kaufungen abholen. Außerdem wollte ich ihn nach den Dokumenten fragen, ob er die zum Versand Ausland gebracht hat. Oder haben Sie Ihren Kollegen danach gefragt?«

»Das wollten Sie doch nicht, Herr Dr. Schwarz … Sie haben mich doch ausdrücklich darum gebeten, das zu unterlassen.«

»Wo Sie das jetzt sagen – genau, so war's.«

»Im Übrigen habe ich meinem Kollegen gesagt, dass Sie angerufen haben – dass Sie hier im Büro waren, habe ich diskret verschwiegen.«

»Vielen Dank«, sagte er und klang hochzufrieden. »Können Sie mir Bescheid geben, wenn Ihr Kollege wieder da ist? Ich komme dann rüber.«

»Mach ich.«

5.

Biancas Wochenende hätte im Großen und Ganzen harmonisch verlaufen können, wären da nicht Dr. Bärtig und sein unverschämtes Ansinnen gewesen. Immer wenn sie in einer ruhigen Minute daran dachte, kamen ihr die Tränen, und Tobias nahm seine Frau tröstend in den Arm. Viel zu schnell waren die zwei freien Tage vorüber, und obwohl er mit Bianca spontan nach Kassel zum Shoppen gefahren war und sie anschließend zum Griechen eingeladen hatte, war es Tobias nur zum Teil gelungen, sie aufzuheitern. Selbst das Telefongespräch mit Elke am Sonntagnachmittag hatte sie nicht so recht wieder aufbauen können, obwohl auch ihre Freundin alles versucht hatte. Auch ihre herzliche Einladung, Bianca und Tobias könnten sie doch am kommenden Wochenende einmal bei ihrer Familie in Bad Wildungen besuchen, richtete kaum etwas aus.

»Bianca«, bat Elke Gerlitzki. »Bitte mache dich doch nicht so verrückt. Ich weiß noch genau, wie es mir damals gegangen ist. Ich war genauso verzweifelt, als man mir mit dem Aufhebungsvertrag kam. Ich habe lange gebraucht, mich neu zu orientieren. Aber heute bin ich sehr froh darüber, denn mir könnte es gar nicht besser gehen.«

So hörte Bianca geduldig zu, was ihre Freundin so alles erlebt hatte, aber es blieben ihr nur die negativen Punkte wie die Schwierigkeiten mit dem Vermittler bei der Agentur für Arbeit im Gedächtnis.

»Hätte ich nur nicht bei Elke angerufen«, jammerte Bianca hinterher. »Jetzt bin ich noch fertiger als vorher, und mir schwirrt der Kopf. Wer weiß, was noch alles auf uns zukommt, wenn der Idiot damit durchkommt? Werden wir unsere Eigentumswohnung behalten können? Wir haben noch über dreißigtausend Euro abzubezahlen.«

»Lass das doch erst mal in Ruhe auf dich zukommen. Wir können erst reagieren, wenn wir wissen, in welche Richtung das alles läuft«, riet Tobias seiner verzweifelten Frau. »Kümmere dich trotz allem um den Termin bei Frau Thieme, auch wenn du zu Bärtig was anderes gesagt hast. Schließlich sitzt er am längeren Hebel. Dann hörst du dir in aller Ruhe an, was die Thieme und vor allem eure Vertrauensfrau vom Betriebsrat dazu sagen. Danach wissen wir mehr und können weiterplanen.«

»Mein Gott, wie kann man nur so unsensibel sein«, fuhr Bianca ihren Mann an, der gar nicht wusste, wie ihm geschah. Dann brach sie unvermittelt in Tränen aus.

»Unsere ganze Lebensplanung geht hier den Bach runter, und dir fällt nichts Besseres dazu ein? Eigentlich hätte ich mir etwas mehr Rückhalt erhofft.«

»Aber …«

»Nichts aber, ich gehe jetzt zu Bett, ich kann nicht mehr.«

So schnell und so früh wie an diesem Abend war Bianca selten im Schlafzimmer verschwunden. Tobias, der sich das unter anderen Umständen öfters gewünscht hätte, folgte ihr schnell, um sie im Arm zu halten und zu trösten, bis sie dank all dem Wein, den sie aus schierer Verzweiflung in sich hineingeschüttet hatte, völlig erschöpft eingeschlafen war. Dann stand er noch einmal auf, schenkte sich noch einmal Wein ein, trank einen Schluck und ging mit dem Glas ins Wohnzimmer. Wie so oft, wenn er nachdenken wollte, ließ er das Licht aus, setzte sich in seinen Sessel und starrte in die Dunkelheit.

Wie sollte das nur werden, wenn Bianca wirklich ihre Arbeit verlor, dachte Tobias. Denn so optimistisch war er auch wieder nicht. Schließlich hatte er das alles selbst schon erlebt und nie gedacht, dass das seiner Frau auch passieren könnte.

»Wie bitte?«, entfuhr es Sibylle Gerlach. Es war Montagmittag, und Bianca hatte der Vertrauensfrau gerade alles erzählt. »Das darf doch nicht wahr sein! Wie kommt Dr. Bärtig denn darauf, ausgerechnet dich loswerden zu wollen? Ist irgendwas vorgefallen?«

»Nicht, dass ich wüsste. Aber der Mann hat irgendwas davon gefaselt, dass ich in der Abteilung PVA etwas verbockt hätte.«

»Was denn?«

»Frag mich doch was Leichteres, ich habe keinen Plan. Auch mein Vorgesetzter Florian Richter kann nicht fassen, was da vor sich geht; er hat selbst zu mir gesagt, dass es für ihn keinen ersichtlichen Grund für dieses Verhalten gibt. Im Gegenteil, er und Dirk Römer, dem ich beim Verwalten der Schulungsunterlagen helfe, haben mir des Öfteren versichert, wie zufrieden sie mit mir sind.«

»Das Ganze ist wirklich unfassbar, da hast du recht! Auf jeden Fall völlig überflüssig. Allein dass Herr Windisch und seine Gruppe auf dir rumhacken und dich beschuldigen, kann doch kein Grund dafür sein, dich absägen zu wollen … aber warte mal, ich muss diese Woche sowieso noch zu Herrn Windisch rüber. Da werde ich mich mal unauffällig umhören. Fehler macht doch jeder mal, das allein kann es unmöglich sein. Da steckt bestimmt was ganz anderes dahinter.«

»Ich bin wirklich wie vor den Kopf geschlagen, mit so was hätte ich nie gerechnet, und das nach dreißig Jahren Betriebszugehörigkeit.«

»Ja, und wir werden das auch nicht so ohne Weiteres hinnehmen«, versprach Sibylle Gerlach. »Wir werden bis zum Schluss kämpfen und zwar mit allen Mitteln, die uns zur Verfügung stehen. Lass dich nur nicht einschüchtern, das wäre nur Wasser auf ihre Mühlen. Es ist sehr gut, dass du gleich zu mir gekommen bist! So kann ich es nachher in der Betriebsratssitzung zur Sprache bringen. Danach sehen wir weiter. Ich halte dich auf dem Laufenden.«

»Danke, Sibylle.«

»Außerdem wollte ich dir vorschlagen, dass du dich wegen deines Knies um die Anerkennung als Schwerbehinderte bemühst. Besser wäre es allerdings gewesen, du hättest damit schon begonnen, als das angefangen hat. Denn ab dreißig Prozent kann man beim Amt die Gleichstellung beantragen, und damit greift dann auch ein verbesserter Kündigungsschutz.«

»Ach, tatsächlich?«

»Ja, ruf doch am besten mal Conrad Bauschmann an, unseren Schwerbehindertenbeauftragten, und hol dir bei ihm einen Termin.«

»Das mach ich! Und danke für deine Hilfe; vor allem, dass du so schnell Zeit hattest.«

»Dafür bin ich doch da. Und außerdem ist das selbstverständlich. Du kannst mich jederzeit anrufen.«

Gerade als Bianca wieder an ihrem Arbeitsplatz war, kam Florian Richter ins Büro und sagte: »Da habe ich mal Glück gehabt! Schön, dass du wieder zurück bist, denn dein Kollege ist vor zehn Minuten nach Hause gegangen.«

»Wie? Er ist schon weg? Sonst sagt er doch immer rechtzeitig, wenn er geht«, wunderte sich Bianca.

»Hat er wirklich nichts gesagt?«

»Zu mir nicht …«

»Zu mir sagt er schon lange nichts mehr. Wenn Jochen Stenzl ihn nicht zufällig mit seiner Tasche gesehen hätte, als er das Gebäude verließ, wüsste noch nicht einmal jemand, dass er bereits gegangen ist. So kann das nicht weitergehen.«

»Allerdings!«, sagte eine Stimme von der Tür her, und kein Geringerer als Dr. Bärtig trat ein.

»Womit kann ich Ihnen behilflich sein?«, fragte Florian Richter, aber es klang alles andere als freundlich.

»Ich wollte mich mal erkundigen, wann Frau Müller den Termin bei Frau Thieme hat«, sagte Bruno Bärtig.

»Haben Sie denn gar nichts anderes zu tun, als andere Leute zu ärgern?«, rutschte es Florian heraus. »Sie waren doch gerade erst hier im Büro, so lange ist das noch nicht her. Schließlich haben wir noch andere Arbeiten zu bewältigen.«

»Genau«, bestätigte Bianca, »ich muss jetzt dringend hier weitermachen, Terminarbeit.«

Florian Richter nickte und nahm demonstrativ den nächstbesten Ordner zur Hand, der auf dem Tisch stand. »Wo kommt der denn auf einmal her?«, wunderte er sich. »Und vor allem, wieso ist er hier im Büro? Ich habe ihn schon ganz verzweifelt gesucht.«

»Dann gibt es nur eine Möglichkeit«, sagte Bianca geistesgegenwärtig.

»Richtig«, meinte Florian, »denn ich kann mich nicht erinnern, ihn aus der Hand gegeben zu haben.«

»Was soll denn das heißen?«, fragte Dr. Bärtig scharf. »Wie kommt es, dass Ihre Ordner hier im Büro herumstehen? Hat Frau Müller die etwa von oben mit heruntergebracht, ohne dass Sie es wissen oder erlaubt haben?«

»Also, jetzt reicht's mir aber wirklich mit Ihnen«, rief Florian laut aus. »Mit Frau Müller hat das überhaupt nichts zu tun, es gibt auch noch andere Mitarbeiter. Ich werde mich über Sie beschweren, wie leichtfertig Sie hier Anschuldigungen erheben.«

»Sie hören noch von mir, Herr Richter«, sagte Bruno Bärtig scharf, aber den beeindruckte das nicht im Geringsten, und er erwiderte seelenruhig: »Ich werde mich zu wehren wissen.«

»Also, haben Sie denn jetzt Ihren Termin, Frau Müller?«, kam Bruno Bärtig daraufhin noch einmal zu seiner Ausgangsfrage zurück.

»Ja, in meiner Mittagspause war ich bei Sibylle Gerlach.«

»Sehr gut!«, freute Florian sich.

»Was soll denn das …«, rief Doktor Bärtig laut aus und holte tief Luft, bevor ihm vor Verblüffung die Worte ausblieben.

»Das war der früheste Termin, der geklappt hat«, legte Bianca nach.

»Und der andere?«

»Ich habe Frau Thieme noch nicht erreicht, schließlich hat die Frau auch noch andere Arbeit; genau wie ich auch.«

»Sie werden noch von mir hören, wenn Sie sich fortlaufend meinen Anordnungen widersetzen.«

»Das hat Frau Müller doch gar nicht«, rief Florian Richter schnell, damit Bianca gar nicht erst darauf antworten konnte, denn bei dieser aufgeheizten Atmosphäre lag eine unbedachte Antwort geradezu in der Luft. Vermutlich wollte Bärtig genau das erreichen. Florian setzte sich auf den freien Stuhl und rutschte an den Tisch heran, während Dr. Bärtig den Raum verließ.

»Was ist heute nur wieder los?«, sagte Bianca. »Was will der Kerl denn andauernd von mir? Ich kümmere mich ja schon um diesen dummen Termin.«

»Er ist heute ganz schön ins Schwimmen gekommen, weil du ihm so entschlossen entgegengetreten bist«, sagte der Gruppenleiter. »Und unter uns, ich finde es genau richtig, dass du mit allen Mitteln dagegen angehst. Ich hatte ehrlich gesagt von dir nicht erwartet, dass du so entschlossen um deinen Arbeitsplatz kämpfst, ich bin beeindruckt. Deshalb werde ich dich auch mit allen mir zur Verfügung stehenden Mitteln unterstützen.«

Dann bat er Bianca um das Telefon, und sie reichte ihm das Mobilteil. Schnell tippte er eine Nummer ein.

»Sekretariat Dr. Vollmer, Carolin Dreyer. Was kann ich für Sie tun?«, meldete sich eine sympathische Stimme.

»Florian Richter hier, ich müsste mal ganz dringend Herrn Vollmer sprechen. Ist er in seinem Büro?«

»Sie haben Glück. Kleinen Moment, ich verbinde.«

Kurz darauf hatte Florian Richter den obersten Chef der Abteilung am Apparat und erzählte ihm schnell, was im Büro vorgefallen war, nachdem Dr. Bärtig aufgekreuzt war.

»Das Schlimme daran ist, dass wir hier kaum noch zum Arbeiten kommen, da Dr. Bärtig andauernd hier reingeschneit kommt, um meine Mitarbeiterin herunterzuputzen. Mehr als arbeiten können wir nun mal nicht, und die Termine sollen auch laufen.«

Dann erzählte er ihm von den Anschuldigungen Dr. Bärtigs gegen Frau Müller und dass er sich schützend vor seine Mitarbeiterin gestellt habe.

Was Dr. Vollmer in den Hörer sprach, konnte Bianca nicht verstehen, aber die Miene ihres Chefs erhellte sich zusehends, und schließlich atmete er auf, als er den Hörer sinken ließ.

»Dr. Vollmer ist entsetzt darüber, wie sich Dr. Bärtig hier aufgeführt hat«, informierte Florian seine Mitarbeiterin. »Er will mit ihm ein ernstes Gespräch führen. Aber jetzt erst mal zu dir: Was hat denn dein Gespräch mit Sibylle Gerlach ergeben?«

Nach Biancas Bericht meinte er: »Frau Gerlach ist genau die Richtige für den Posten. Sie hat Mumm und lässt sich auch von höheren Herren nicht einschüchtern. Das mit Bauschmann war eine gute Idee von ihr. Hol dir schnell diesen Termin. Ich werde sehen, dass ich dir den Rücken dafür freihalten kann.«

»Das werde ich noch heute tun, falls ich ihn erreiche.«

»Außerdem habe ich noch eine andere Info für dich«, sagte Florian.

Bianca sah ihn erwartungsvoll an.

So sagte Florian mit gedämpfter Stimme: »Da ist irgendwas ganz Fieses gegen dich im Gange. Ich habe leider nichts Genaues herausfinden können, aber es sieht danach aus, als ob Dr. Bärtig mit seiner Lieblingsgruppe, nämlich der von Norbert Windisch, gemeinsame Sache macht, um deren Arbeitsplätze zu retten. Ich bleib am Ball und werde dich unterrichten, sobald ich mehr weiß. Die Neuigkeit habe ich aus sicherer Quelle, und die heißt Dirk Römer. Er hat mich gestern Nachmittag angerufen und mir erzählt, dass er auf dem Flur gesehen hat, wie Windisch zu Bärtig ins Büro reingegangen ist. Das an sich wäre ja noch nicht verdächtig, aber zum Glück war die Tür nicht richtig geschlossen, sodass Dirk deinen Namen aufgeschnappt hat … und dann einfach mal etwas langsamer als üblich weitergegangen ist. Und Bärtig hat wohl wortwörtlich zu Windisch gesagt, dass er Indizien gegen dich und auch mich sammeln solle. Dann würde er Windischs Gruppe im Kampf um die Arbeitsplätze raushalten, damit seinen Lieblingen nichts passiert. Dirk hat mich unverzüglich unterrichtet. Morgen habe ich einen Termin bei Dr. Vollmer und werde ihm alles erzählen, was hier so abläuft. Das ist doch das Allerletzte.«

»A… allerdings«, stammelte Bianca, die es gar nicht fassen konnte, welch fieses Spiel die andere Gruppe da mit ihr trieb. »Ich bin mir überhaupt keiner Schuld bewusst. Ich kann mir nicht erklären, weswegen die mich alle so sehr auf dem Kieker haben.«

»Das glaube ich dir. Und im Gegensatz zu deinem Kollegen lügst du mich auch nicht an.«

»Das gehört sich doch nicht, aber hat Roland …«

»Schon oft genug. Und meine Geduld ist fast am Ende. Wenn der so weitermacht, kann er sich warm anziehen. Wenn ich schon dieses ganze Chaos hier drinnen sehe …«

»Ich muss das den ganzen Tag mit ansehen«, klagte Bianca, »aber letztens haben ihm die Kartons ein Schnippchen geschlagen.«

»Wie soll ich das verstehen?«

»Vor einigen Tagen kam Roland mit Schwung ins Büro gestürmt, und zwei Kartons standen mitten im Raum, die er selbst dorthin befördert hatte, weil sie ihm von der anderen Seite her im Wege standen. Er fiel mit wehendem Kittel darüber und legte sich prompt auf den Boden.«

»Meine Güte«, stöhnte Florian.

»Ich habe ihn gefragt, ob er sich wehgetan hat, aber er meinte, nein. Aber es hat schon lustig ausgesehen.«

»Ich kann es mir lebhaft vorstellen.«

»Ich habe gehofft, er nimmt das zum Anlass und räumt endlich mal auf. Aber Pustekuchen, als Katja kam und das Büromaterial holen wollte, waren die Kartons nicht mal ausgepackt, geschweige denn nach Abteilungen sortiert. Da ist sie erst mal fuchsteufelswild geworden, denn Roland hatte sie angerufen, dass das Büromaterial da wäre. Deshalb verstehe ich auch nicht, warum er bei Besprechungen bittet, die Materialien schneller abzuholen. Er ist doch nicht mal fertig mit Auspacken, wenn jemand auf der Matte steht. Entschuldige, Florian, ich wollte eigentlich gar nicht darüber reden, aber manchmal ist das verdammt schwierig.«

»Verständlich. Keine Sorge, ich werde mit deinen Infos vertraulich umgehen. Ich weiß selbst, dass der Mann einen wahnsinnig machen kann.«

»… mit seiner hektischen Art, aber die kriegst du nicht mehr aus ihm raus. Das kannst du vergessen. Ich versuche schon immer ruhig zu bleiben, denn sonst würde meine Arbeit auch noch darunter leiden, und das kann ich mir überhaupt nicht leisten.«

Florian nickte und dachte kurz nach, dann meinte er: »Sag mal, du warst so überrascht, dass Roland schon weg war, als du wieder zurückkamst. Wann ist der Typ denn heute Morgen gekommen?«

»Willst du das wirklich wissen?«

»Unbedingt. Ich kann verstehen, dass du nicht drüber reden willst, aber ich möchte dich trotzdem bitten, es mir zu sagen.«

»Na gut«, seufzte Bianca. »Um halb neun. Aber dann braucht er sich auch nicht zu wundern, wenn er die Gleitzeitregelung schamlos ausnutzt, Minusstunden ohne Ende produziert und so nur einen Bruchteil seiner Arbeit schafft. So kommen die Kartons niemals hier weg, und diejenigen, die ihn anrufen wollen, erreichen ihn fast nie. Andreas und Jochen waren der Meinung, ich sollte nicht immer seinen Mist ausbügeln und ihn einfach mal auflaufen lassen, aber ich kann das nicht. Die beiden ärgern sich genauso über ihn wie ich, das haben sie jedenfalls zu mir gesagt.«

»Danke für deine Offenheit. Aber noch kurz etwas anderes. Was meinst du, wer von der Windisch-Gruppe denn am wenigsten fies ist und am ehesten bereit, etwas zu sagen? Ich finde, es ist an der Zeit, diese Leute mit ihren eigenen Waffen zu schlagen.«

»Hm, Daniela Kolb ist zumindest die freundlichste von allen, und man kann sich mit ihr gut unterhalten. Mit ihr habe ich mich immer noch am besten verstanden. Sie ist die Einzige, die auch mal ein privates Wort mit mir gesprochen hat. Die anderen bekommen nicht mal die Zähne auseinander.«

6.

Der nächste Tag verlief so ruhig und entspannt, als ob es das Damoklesschwert des Arbeitsplatzverlustes gar nicht gäbe. Selbst Roland schien ein Einsehen zu haben, kam zeitig, telefonierte nur wenig mit seiner Frau und blieb sogar etwas länger.

Allerdings war dieses beruhigende Gefühl am übernächsten Tag schon nichts mehr wert, denn das Chaos brach von der ersten Arbeitsminute an über Biancas Abteilung herein. Der Schreibtisch Bianca gegenüber blieb lange Zeit leer, und selbst um Viertel nach acht war von Roland Wegner weit und breit nichts zu sehen. Die Anrufe, die über seinen Anschluss liefen, waren indessen kaum noch zu zählen.

Verdammt noch mal aber auch, dachte Bianca, als es das sechste oder siebte Mal klingelte. Wo blieb der Kerl denn nur? Die Arbeit machte sich doch nicht von alleine.

Wenigstens konnte sie die Zeit nutzen und einigermaßen ungestört mit Frau Thieme, Sibylle Gerlach und Conrad Bauschmann telefonieren und für den dreiundzwanzigsten April um elf Uhr den Termin bei Ersterer festmachen. Frau Thieme erklärte sich bereit, Biancas Mann am Werkstor als Besucher anzumelden. So konnte er neben den beiden Betriebsratsmitgliedern ebenfalls an diesem Treffen teilnehmen.

Kaum hatte sie die Telefonate beendet, trat ihr Chef ein, und Bianca setzte ihn gleich in Kenntnis.

»Das ist gut, dass du gleich drei Personen zur Verstärkung dabei hast«, sagte er. »Acht Ohren hören mehr als zwei. Hört euch mal an, was Frau Thieme zu sagen hat, und lass dich zu nichts drängen. Aber weshalb ich eigentlich gekommen bin: Ist dein Kollege schon auf seiner Rundfahrt?«

»Schön wär's. Dazu müsste er erst mal hier sein.«

»Soll das etwa heißen, Roland ist immer noch nicht da?«

»Ganz genau. Dabei ist heute Morgen mal wieder die Hölle los, das Telefon geht ununterbrochen. Ich komme kaum zu meiner eigenen Arbeit. Mona Ziegelstein hat mittlerweile dreimal angerufen und Dr. Schwarz auch. Er ist stocksauer, dass Roland diese wichtigen Dokumente für die Post nicht mitgenommen hat. Erst lagen sie ewig auf Dr. Schwarz' Schreibtisch, jetzt sind sie verschwunden.«

»Ich dachte, das hätte sich geklärt«, meinte Florian Richter.

»Ich auch, und ich habe überlegt, ob ich sie suchen soll. Irgendwo müssen sie doch sein.«

»Lass das mal bitte. Schließlich ist das die Arbeit von Roland. Er verbockt alles, und du darfst dann wieder einspringen; nichts gibt's. Lass ihn schmoren.«

»Ist mir auch recht, ich habe genug anderes zu tun.«

»Danke jedenfalls, dass du mir Bescheid gesagt hast, was sich hier so ereignet.«

»Die Kollegen von nebenan waren auch schon hier und warten auf Roland.«

»Na klasse«, entfuhr es Florian, »und der Mann liegt

wahrscheinlich noch im Bett. Na, der soll mal kommen. Und ich weiß jetzt endlich, woran ich mit ihm bin. Ich möchte dich bitten, mir ab heute immer Bescheid zu geben, wenn es hier im Büro nicht rundläuft.« Er wandte sich zum Gehen.

»Meinetwegen … aber dann kommst du zu keiner Arbeit mehr und ich auch nicht.«

»Wieso?«

»Weil es jeden Tag dieselbe Leier ist.«

»Meine Nerven«, stöhnte Florian Richter auf und rauschte dann durch die Bürotür.

Anschließend begann Bianca, die Schulungsdokumentationen, die ihr Carsten Kogler am Morgen auf den Schreibtisch gelegt hatte, nach Dringlichkeit vorzusortieren.

Gerade als sie die ersten Blätter zusammengelegt hatte und in Klarsichthüllen steckte, ging die Tür auf.

»Guten Morgen«, schmetterte Roland so laut in den Raum hinein, dass sie die Dokumente in ihrer Hand vor Schreck fallen ließ.

»Hast du mich vielleicht erschreckt, muss das denn sein?«, beschwerte sie sich. »Warum bist du eigentlich immer so hektisch, Roland?«

»Na, es ist schon wieder so spät geworden …«

»Das haben mittlerweile mehrere bemerkt«, erwiderte Bianca schnell. »Dr. Schwarz und Mona Ziegelstein haben bereits mehrere Male versucht, dich zu erreichen, ebenso unser Chef wie auch die Kollegen im anderen Büro.

»Lass sie doch, wenn sie nichts Besseres zu tun haben.

Vielleicht macht es ihnen ja auch Spaß. Ich habe da ein viel größeres Problem, denn ich muss mich entscheiden, ob ich zuerst die Runde fahre und weiterhungere oder erst mal frühstücken gehe.«

»Wenn's weiter nichts ist, mit einem vollen Bauch kann man bestimmt besser arbeiten«, bemerkte Bianca sarkastisch, dachte allerdings: *Wenn er jetzt erst frühstücken geht, bekommt unser Chef Zustände.*

Deshalb setzte sie nach: »Mach, wie du denkst, da misch ich mich nicht ein, aber ruf um Gottes willen zuerst Florian an. Er war vorhin hier und hat dich gesucht.«

»Noch so einer«, entfuhr es Roland. »Es scheint den Leuten hier wirklich Spaß zu machen, mich zu nerven.«

Bianca maß Roland mit einem langen Blick, zog es aber erst einmal vor zu schweigen, sagte dann einige Sekunden später doch noch: »Vielleicht sollst du ja irgendwas auf deine Runde mitnehmen.«

»Die kann jetzt warten, denn ich frühstücke zuerst.«

Wenigstens ließ er schon mal seinen Rechner hochfahren.

In dem Moment klingelte Biancas Telefon.

»Frau Müller, ich bin es, Marion Thieme. Ich müsste noch einmal mit Ihnen über den Termin sprechen.«

O nein, dachte Bianca. *Was hat die Tussi denn jetzt schon wieder vor?* »Kann ich Sie zurückrufen?«, fragte sie.

»Natürlich.«

In dem Moment, Roland war noch dabei, seine Mails zu lesen, fuhr er hoch wie das HB-Männchen persönlich. »Was will er denn jetzt schon wieder?«

»Wer?«

»Na, unser Chef. Jetzt nervt er mich auch noch mit Mails. Aber Pech gehabt, ich gehe jetzt frühstücken, bis nachher. Ach so ja, ich muss doch Sarah anrufen.« Während er noch sprach, wählte er schon die Rufnummer seiner Frau.

Nerven hat der Mann, dachte Bianca. Jetzt war er eine knappe halbe Stunde da und hatte noch nichts getan, und dann wunderte er sich bestimmt bald wieder, wie schnell doch der Arbeitstag vergangen war.

»Alles klar, dann bis um halb eins, Sarah.«

Ach nee, dachte Bianca, *nicht schon wieder … Florian wird sich freuen.*

»Entschuldigen Sie bitte, Frau Thieme, dass ich vorhin nicht reden konnte, aber mein Kollege war im Raum, und er muss das nicht unbedingt mitanhören.«

»Das ist schon in Ordnung … aber wäre es möglich, dass wir den Termin um einen Tag verschieben können, dann um zehn Uhr dreißig?«

»Bei mir geht das klar«, sagte Bianca nach einem Blick in ihren Kalender, »und mit meinem Mann rede ich gleich.«

»Na ja, es geht zur Not auch ohne …«

»Nein, Frau Thieme, ohne meinen Mann geht gar nichts. Wissen Herr Bauschmann und Frau Gerlach auch Bescheid?«

»Mit denen rede ich gleich im Anschluss.«

»Hallo!«, grüßte Jochen Stenzl, der wenige Minuten später das Büro betrat. »Ich muss mir einen Ordner holen.«

»Bitte bedien dich, es sind genügend vorrätig, du hast die freie Auswahl«, gab Bianca lachend zur Antwort und wunderte sich über sich selbst. Wie konnte sie derart gute Laune haben, obwohl ihr Arbeitsplatz doch am seidenen Faden hing?

»Schon richtig, Bianca, nur ist der Ordner nicht im Schrank.«

»Auf dem Tisch liegen auch noch einige rum. Vielleicht wirst du dort fündig.«

Es dauerte nicht mal lange, und Jochen hatte den gewünschten Ordner in den Händen.

»Ein sonderbares Ordnungssystem habt ihr hier«, wunderte sich der fast gleichaltrige Kollege. »Der Schrank ist halbleer, aber der Schreibtisch quillt über.«

»Das habe ich auch schon festgestellt«, pflichtete ihm Andreas bei, der andere Mitarbeiter, der auch gerade in den Raum kam.

»Morgen, Bianca.«

»Morgen, Andreas. Na, da müsst ihr euch an Roland wenden, der hat das System hier eingeführt, ich habe damit nichts zu tun.«

»Dachten wir's uns doch.«

Gerade als Bianca das nächste Dokument in die Hand nehmen wollte, klingelte ihr Apparat, und sie meldete sich. An der Stimme von Claudia Schmücker erkannte sie sofort, dass dieser Anruf nur einem Zweck diente: Unruhe zu stiften.

Allzu scharf kam das »Ich müsste dich mal was fragen« rüber.

»Was gibt's denn?«

»Als du die letzte Abfüllung bei uns gemacht hast, waren da noch genügend blaue Trichter im Schrank?«

»Das weiß ich nicht, da ich die nicht verwende.«

»Warum nimmst du sie dann? Du weißt doch genau, dass sie ausschließlich für unseren Belgien-Auftrag benutzt werden dürfen. Sie sind besonders resistent und schweineteuer!«

»Ich habe meine eigenen Einmaltrichter, die extra für mich angeschafft worden sind. Ich brauche eure nicht.«

»Warum sind dann schon wieder keine mehr da? Seit du bei uns warst und auch jetzt immer noch deine Scheißabfüllungen hier machst, stimmt in unserem Materiallager gar nichts mehr.«

»Was kann ich denn dafür, wenn ihr nicht rechtzeitig nachbestellt? Wenn ihr keine Ordnung halten könnt, ist das doch eure Sache.«

Genau in dem Moment ging die Tür auf, und Florian Richter kam herein.

Scheiße, dachte Bianca, *schon wieder Stress mit denen, auch das noch.* Damit wollte sie Florian eigentlich nicht auch noch behelligen, schaltete dann aber kurzerhand den Lautsprecher ein und winkte ihn heran.

»Da komme ich wohl nicht mehr drum herum. Ich muss Norbert davon unterrichten, dass du schon wieder unsere Trichter verbraucht hast. So was Unfähiges wie dich gibt's aber auch nur selten!«

»Bitte schön, mach doch, was du willst«, erwiderte Bianca äußerlich ruhig, obwohl sie innerlich kochte. »Wenn du den lieben langen Tag nichts Besseres zu tun hast, als hinter deinem Chef herzurennen, kannst du mir wirklich leidtun. Mit euren Trichtern habe ich nun wirklich nichts am Hut, ich weiß noch nicht mal, wo die blauen überhaupt stehen.«

Damit brachte sie Claudia erst recht auf die Palme.

»Na ja, irgendeinen Grund muss es ja haben, dass Dr. Bärtig dich auf die Abschussliste gesetzt hat. Ohne Rauch – kein Feuer.«

»Dann musst du aufpassen, dass du nicht rauchst, denn sonst brennt das Stroh in deinem Hirn lichterloh. Ich habe wirklich keine Zeit, mich mit all dem Mist, den ihr so von euch gebt, auseinanderzusetzen, ich habe schon so mehr als genug Arbeit.«

Noch bevor Bianca auflegen konnte, hörte man Claudia laut fluchen: »Du bist vielleicht eine blöde Kuh«, dann brach die Verbindung ab.

»So geht das, seit ich wieder hier in der Abteilung bin – mindestens einmal die Woche. Irgendein Blödsinn fällt denen garantiert ein, und Claudia ist fast immer diejenige, die mich anruft.«

»Dass das so schlimm ist, habe ich gar nicht gewusst. Warum hast du mir das nicht gesagt? Willst du etwas dagegen unternehmen? Ich stehe hinter dir.«

»Ich danke dir – aber ich weiß es nicht. Dann bekomme ich dort kein Bein mehr auf die Erde. Ich muss ja auch wieder rüber und die Abfüllungen machen. Außerdem, so lange die Sache mit Dr. Bärtig nicht ausgestanden ist, halte ich mich besser bedeckt. Wer weiß, was die mir sonst noch für einen Strick draus drehen …«

»Okay, verstehe ich. Wenigstens weiß ich jetzt mal, was da so vor sich geht. Aber solltest du bei deinen Abfüllungen in Zukunft noch mehr Schwierigkeiten bekommen, sag mir Bescheid, dann gehen wir dagegen vor.«

»Danke, Florian«, sagte Bianca und dachte, während ihr Chef das Büro verließ: *Na ja, so oft kommt es im Moment zum Glück nicht vor, dass ich in die Höhle des Löwen muss.*

Leider hielt die Hoffnung nicht lange vor, denn nur zwei Tage später rief Dr. Schwarz an und sagte: »Frau Müller, ich hätte da eine Abfüllung zu machen. Wann klappt es denn bei Ihnen am besten?«

Im ersten Impuls hätte Bianca am liebsten gesagt: Machen Sie Ihre Abfüllung doch selbst, ich kann liebend gerne darauf verzichten. Aber dann besann sie sich eines Besseren und fragte: »Wie eilig ist es denn?«

»Nicht so sehr. Aber wenn es irgendwann im Laufe der nächsten Woche klappen würde, wäre das super.«

»Sobald ich von Ihnen die Verpackungsanweisung und die Etiketten habe, mache ich den Termin aus.«

»Vielen Dank, Sie sind mir wie immer eine große Hilfe.«

Als Dr. Schwarz aufgelegt hatte, dachte Bianca: *Wenn der wüsste, was ich beinahe gesagt hätte.* Aber sie wunderte sich auch über sich selbst, denn noch vor wenigen Wochen wäre es ihr nicht im Traum eingefallen, so etwas auch nur zu denken.

Hoffentlich läuft dort alles so reibungslos ab wie gestern, dachte Bianca, als sie am Dienstagmorgen um halb acht ihre Unterlagen zusammenpackte und sich auf den Weg in die andere Abteilung machte. Da war es mal wieder fast wie in alten Zeiten gewesen. Na ja, irgendwie würde es schon gutgehen.

Kurz darauf war Bianca in Norbert Windischs Abteilung angekommen, grüßte freundlich und setzte sich wie gewohnt an den Schreibtisch gegenüber dem von Mona Ziegelstein. Die wenigen Male, die sie in den letzten Monaten hierhergekommen war, hatte sie schon ein unbehagliches Gefühl beschlichen. Kein Wunder, hatte man ihr hier doch Knall auf Fall den Stuhl vor die Tür gesetzt. Sie musste daran zurückdenken, wie Norbert Windisch sie an jenem Morgen, da sie nichtsahnend nach Urlaub und Krankheit in den Betrieb zurückkam, mit den Worten begrüßte: »Unsere Zusammenarbeit ist hiermit beendet. Machen Sie bitte die Arbeit noch fertig, die Sie angefangen haben, dann können Sie zu Florian Richter zurückgehen.« Noch heute trieb ihr die Erinnerung die Zornesröte ins Gesicht. Dabei hatte alles so vielversprechend begonnen. Nachdem sie die Probenrunde wegen ihrer Bein- und Knieschmerzen nicht mehr hatte fahren können, hatte ihr Chef in dieser Abteilung ein neues Betätigungsfeld für sie gefunden. Zuerst ging sie stunden-, später tageweise dorthin, und zu guter Letzt verbrachte sie fast neunzig Prozent ihrer Arbeitszeit dort. Warum sie nach anfänglich überschwänglichem Lob dann in Ungnade gefallen war und man nach allerlei fadenscheinigen Beschuldigungen suchte, um sie loszuwerden, blieb ihr ein Rätsel. Das Schlimmste an der Situation war aber, dass es zu der Zeit keinen anderen freien Arbeitsplatz gab, an dem sie ihre Abfüllungen hätte machen können.

So musste sie in unregelmäßigen Abständen, gerade so wie es anfiel, in diese Abteilung zurückgehen und mit diesen Leuten zusammenarbeiten, die dann zu allem Überfluss so taten, als wäre nichts geschehen. Das dicke Ende kam meist ein oder zwei Tage später.

Bianca riss sich gewaltsam von ihren Erinnerungen los, unterschrieb das Anweisungsblatt und stand mit den Worten »Ich bereite das Labor vor« auf.

»Okay«, sagte Mona Ziegelstein, ohne von ihrer Arbeit aufzusehen.

Mechanisch und immer noch ihren trüben Gedanken nachhängend bereitete Bianca alles vor, und gerade als sie damit fertig war, kreuzte der Kollege Jonas Mertens auf.

»Ich bin mit dem Vorbereiten fertig«, sagte sie. »Können … kannst du mir das abzeichnen, damit ich loslegen kann?«

Bislang hatte Bianca sich kaum daran gestört, dass die meisten Kollegen in der Firma sich duzten, doch bei Jonas, der immer so freundlich tat, aber hintenherum über sämtliche Kollegen herzog, fiel ihr das zunehmend schwerer.

»Klar doch.«

Jonas folgte Bianca ins Labor und zog auf dem Weg seinen Kittel an. Rasch unterschrieb er das Schriftstück. Dann eilte er wieder hinaus, blieb aber in der offenen Tür kurz stehen, drehte sich noch einmal zu ihr um und sagte grinsend: »Was habe ich da läuten hören? Ist das wahr, dass du das Werk verlässt? Überleg dir das gut in der heutigen Zeit.«

»Wie kommst du auf so was? Wer erzählt solch einen Unfug?«

»Ich weiß gar nicht mehr, wer das gesagt hat«, wich Jonas geschickt aus. »Aber erzähl doch mal, das interessiert mich.«

»Leider habe ich für einen Plausch heute überhaupt keine Zeit, ich muss hier dringend fertig werden. Nach der Routine-Besprechung steht heute die Ablage in der anderen Abteilung an, und da brauche ich mindestens drei Stunden für.«

»Dann will ich nicht weiter stören«, sagte Jonas Mertens kurz angebunden, und es war klar, dass er verärgert war, weil er nicht erfahren hatte, was er wissen wollte.

Bianca begann mit ihrer Arbeit und kam auch wirklich gut voran. Zuletzt machte sie alles gründlich sauber, und als sie um neun Uhr mit allem fertig war, war sie sich ganz sicher, dass die – nun ja – Kollegen nichts auszusetzen haben würden. Alles hatte sie doppelt und dreifach kontrolliert. Selbst an der Analysenwaage, deren Sauberkeit sie bei ihr so gern bemängelten – und die sie zugegebenermaßen ein- oder zweimal vergessen hatte besonders gründlich zu reinigen – war kein Staubkorn haften geblieben.

Doch nur wenige Minuten später wurde sie eines Besseren belehrt. Jonas Mertens fegte wie ein Wirbelwind durchs Labor, kontrollierte alles gründlich, bemerkte zum tausendsten Mal, dass er im Grunde keine Zeit für so etwas habe, und war schon fast wieder am Hinausgehen, als er Bianca zu sich rief.

»Schau mal her, Bianca. Hast du denn nicht gesehen, dass dir von der Substanz etwas heruntergefallen ist? Da, hinten am Bein von der Arbeitsplatte, siehst du das?«

Bianca beugte sich hinunter, und tatsächlich lagen dort einige Krümel des weißen Pulvers, das sie gerade abgefüllt hatte. Der einzige Schönheitsfehler daran war, dass sie ganz sicher war: Vor fünf Minuten hatte es dort noch nicht gelegen. Denn genau auf diese Stelle achtete sie ganz besonders, seit sie dafür schon einmal gerügt worden war. Aber wie hätte sie das beweisen sollen?

»Mach das bitte sofort dort weg«, sagte Mertens scharf. »Und lass dir von Norbert das Labor abzeichnen; ich muss jetzt nämlich los, und die anderen sind auch nicht da.«

»Alles klar«, sagte Bianca notgedrungen und wartete, bis Jonas das Labor verlassen hatte. Dann griff sie zum Hörer, rief ihren Chef an, da für die tägliche Routine die Zeit nicht mehr ausreichte, und bat darum, nachher zu ihm kommen zu dürfen.

Sie holte schnell Einmaltücher und polierte die Arbeitsplatte zum zweiten Mal. Die Stelle, die ihr Jonas Mertens gezeigt hatte, bearbeitete sie besonders gründlich. Sie war gerade fertig, da stürmte Mertens noch einmal ins Labor.

»Bist du fertig?«

»Ja, ich wollte gerade anrufen.«

»Dann lass mal sehen«, sagte er und ging dabei so gründlich vor, als wäre er bei der Spurensicherung der Kriminalpolizei angestellt.

»In Ordnung, warum denn nicht gleich so? Du kannst die Substanz jetzt durch die Schleuse schieben.«

Gegen halb elf Uhr war Bianca wieder in ihrem Büro und kochte sich erst einmal einen Kaffee. Während er durchlief, begann sie bereits zu frühstücken, was ihre trübe Stimmung schnell verfliegen ließ.

Kurz darauf betrat Roland das Büro, wünschte ihr guten Appetit, und als sie sich bedankte, war sie schon fast wieder die Alte.

»Ach ja, Roland, drüben bei PVA stehen die drei Kartons mit der Substanz, die ich heute abgefüllt habe. Die kannst du dann bei deiner nächsten Tour zu Anna mitnehmen.«

»Alles klar, mache ich.«

»Aber hüte dich vor diesen Leuten, die haben wieder mal eine Laune zum Fürchten. Irgendwas ist da drüben im Gange, denn die fragen jeden aus. Seltsame Art, die die draufhaben, und wenn sie nichts erfahren, dann sinkt ihre Laune auf den Nullpunkt.«

»Danke für die Vorwarnung. Aber weißt du, so viel rede ich mit denen gar nicht. Ich hole nur ab, was sie zum Mitnehmen haben, und bin gleich wieder draußen.«

»Das ist auch das Beste, was du machen kannst.«

Eine halbe Stunde später ging Bianca in den dritten Stock hinauf, wo ihr Vorgesetzter sein Büro hatte. Durch den kleinen Glaseinsatz in der Bürotür sah sie schon von draußen, dass Florian Richter gerade am Telefonieren war. Diskret blieb sie vor der Tür stehen und wartete einen Moment, bis er aufgelegt hatte. Dann trat sie ein, grüßte, und als ihr Chef einladend auf einen Stuhl zeigte, setzte sie sich.

»So, was hast du auf dem Herzen?«, fragte er.

»Ich war doch heute Morgen bei PVA drüben. Jonas

Mertens hat versucht, mich auszufragen. Dabei schien es mir, als ob er durchaus auf dem Laufenden wäre. Sagte er doch glatt zu mir, er hätte gehört, dass ich aus dem Werk ausscheiden würde. Ich habe mich auf keine Diskussion eingelassen und mich mit Arbeit rausgeredet, dann ist er beleidigt abgezogen. Als er mir dann das Labor abzeichnen wollte, gab's Ärger. Dabei hatte ich gerade heute besonders gründlich gearbeitet und alles dreimal saubergewischt. Jedenfalls habe ich keinen Krümel mehr gesehen, aber Jonas hat dann doch noch Pulver gefunden. Weiß der Geier woher …? Dann befahl er mir den Tisch nochmals zu putzen, aber in was für einem Ton. Eigentlich habe ich das doch gar nicht nötig, mich von denen runterputzen zu lassen, wie es ihnen in den Kram passt.«

»Nein, das hast du wirklich nicht. Aber du hast gut reagiert und dich auf keine Diskussionen eingelassen. Ich bin nur am Überlegen, woher die undichte Stelle kommt. Oder bedeutet das am Ende …?«

»… dass Windisch und Mertens mit Bärtig gemeinsame Sache machen.«

»Genau das meine ich.«

»Ich habe sogar den Verdacht, dass die ganze Abteilung da drinhängt«, sagte Bianca.

»Wie kommst du darauf?«

»Ich habe heute durch Zufall etwas aufgeschnappt, was meine Vermutung stützt. Dr. Bärtig ist doch ständig, eigentlich jeden zweiten Tag, bei der morgendlichen Routine der Gruppe dabei.«

»So oft?«

»Allerdings, was Norbert Windisch zu Jonas sagte, klang sehr eindeutig.«

Bianca war noch nicht lange wieder in ihrem Büro, da kam Roland Wegner aus der Vorhalle zurückgestürmt.

»Meine Güte!«, sagte er laut in den Raum, als er auf die Uhr geblickt hatte – Bianca schien er gar nicht zu bemerken. »Schon Viertel nach elf! Jetzt muss ich mich aber beeilen, wenn ich Ben rechtzeitig um zwölf vom Kindergarten abholen will. Wo bleibt nur immer die Zeit?«

»Da, wo du sie am wenigsten vermutest«, bemerkte Bianca trocken.

»Na, du bist gut. Endlich ist auch das Büromaterial gekommen, auf das Katja seit Tagen wartet. Die macht mich noch ganz kirre mit ihrer ewigen Nachfragerei. Ich werde sie gleich anrufen.«

Flink wählte Roland die Nummer der Teamleiterin Katja Jendrasch und wartete ungefähr eine Minute, bevor er zu jammern begann: »Wo steckst du denn schon wieder! Ich hab nicht ewig Zeit.«

Eine weitere Minute später verlor er bereits die Geduld und knallte den Hörer auf den Tisch. »Dann eben nicht«, murrte er. »Wenn du deinen Krempel jetzt doch nicht haben willst, ist es eben dein Pech. Morgen ist auch noch ein Tag.«

»Gibt's Probleme?«, fragte Bianca, ohne aufzuschauen.

»Nicht direkt, ich bin eben nur sauer, weil Katja mal wieder nicht zu erreichen ist. Wahrscheinlich gondelt sie wieder durchs ganze Haus.«

»Vielleicht ist sie ja gerade bei ihrem Chef«, wandte Bianca ein.

»Dafür habe ich nun wirklich keine Zeit mehr. Ich such sie doch nicht den ganzen Tag!«

Du machst mir Spaß, dachte Bianca, *wer ist denn hier dauernd unterwegs und nicht erreichbar?*

Aber laut sagte sie dann: »Katja wird eben auch Arbeit haben.«

»Bist du dir da wirklich sicher?«

Bianca schwieg dezent dazu und dachte: sicherer als bei dir auf jeden Fall.

7.

Der Himmel hatte gerade seine Schleusen geöffnet, als Bianca zwei Tage später den Termin bei Frau Thieme hatte. Um zehn Uhr kam sie mit dem Werkswagen zum Eingangstor 4, das auch die Bezeichnung »Hauptparkplatz« trug, gefahren und holte ihren Mann ab. Dank Frau Thiemes Anmeldung bekam er problemlos Zutritt zum Werksgelände gewährt und stieg schnell ein. Fünf Minuten später standen sie auch schon vor dem Hochhaus der Hauptverwaltung auf der anderen Seite des Werkes.

Auf dem rund einen Kilometer langen Weg sprachen die beiden kein Wort, und erst nachdem sie den Kombi eingeparkt hatte, sagte Bianca unsicher: »Ich bin so froh, dass du dabei bist. Nervös wie ich bin, bringe ich dort keinen vernünftigen Satz zustande.«

»Lass dich nicht verrückt machen«, versuchte Tobias seine Frau zu beruhigen, während sie die Stufen ins Gebäude hineingingen. Gerade als sie in den breiten Gang einbiegen wollten, ging die Aufzugstür auf, und eine Frau mit einem Postwagen kam heraus, um ihre Verteilrunde zu beginnen.

»Hallo, Nadine«, grüßte Bianca und stellte ihren Mann vor.

»Hallo, Bianca, hast du jetzt deinen Termin?«

»Ja, und mir ist gar nicht wohl dabei. Mal sehen, was dabei herauskommt.«

»Kann ich verstehen. Ich halte dir die Daumen. Viel

Glück, ich muss schnell weiter, damit ich die Kurve kriege.«

»Danke, kann ich gebrauchen«, sagte Bianca, während Nadine Meier sich dem anderen Ausgang zuwandte, der eine Rampe hatte. Hier konnte sie bequem ihren Postwagen nach draußen schieben.

»Wie kommt es, dass du mit dieser Kollegin so offen sprichst?«, fragte Tobias. »Sonst bist du doch erpicht darauf, dass keiner was erfährt?«

»Das ist richtig. Nadine ist auch die Einzige, die …, aber Moment mal, da kommt gerade Sibylle Gerlach.«

»Entschuldigt meine Verspätung, aber ich hab noch auf einen dringenden Rückruf gewartet.«

»Ist doch okay«, sagte Bianca, und die drei fuhren zusammen hinauf in den dritten Stock zu den Konferenzräumen.

Der Besprechungsraum lag am Ende eines langen Ganges. Da die Tür offen stand, betraten sie den Raum. Conrad Bauschmann war schon da und bediente sich gerade aus der Kaffeekanne.

Sie grüßten sich, und Bianca stellte ihren Mann vor.

»Frau Müller«, sagte Herr Bauschmann. »Sind Sie schon dazu gekommen, sich um die Arzttermine zu kümmern, wie wir es vereinbart haben?«

»Selbstverständlich. In vierzehn Tagen habe ich einen Termin beim Orthopäden. Ich werde Ihnen umgehend Bescheid sagen, wenn ich mehr weiß.«

In dem Augenblick betrat Frau Thieme den Raum, grüßte und sagte: »Das ist schön, dass Sie alle schon da sind. Dann können wir gleich zur Sache kommen.«

Währenddessen saß Florian Richter in seinem Büro mit Bruno Bärtig zusammen und rang zornig nach Luft. Die fadenscheinigen Argumente, die dieser sture Hardliner in den Raum warf, um seine Ansichten zur Personalreduzierung zu begründen, machten ihn rasend. Bruno Bärtig dagegen hatte die Ruhe weg; er machte es sich in Florians Büro bequem, als ob er dort zu Hause wäre. Als Florian ihm dann auch noch leichtsinnigerweise mehr Zeit zum Sprechen ließ, holte er zu einem ellenlangen Monolog aus, den er mit den Worten schloss: »Was interessiert es mich, dass Frau Müller hier dreißig Jahre lang gute Dienste geleistet hat? Ein Unternehmen wie das unsere, auch oder gerade, weil wir heute nicht mehr selbstständig, sondern ein Teil der Mundo AG in St. Gallen sind, kann es sich nicht leisten, mildtätig zu sein. Frau Müller hat ihren produktiven Wert für das Unternehmen zumindest großteils verloren, das bedeutet, sie hat ihren Arbeitsplatz für jüngere und gesündere Mitarbeiter zu räumen.«

»Aber ihre Erfahrung …«

»Papperlapapp, Erfahrung. Das haben die Jungen in ein, zwei Jahren aufgeholt. Außerdem macht Frau Müller, wie ich Ihnen vor einigen Tagen schon einmal dargelegt habe, in letzter Zeit erschreckend viele Fehler. Ob das aus Faulheit oder wegen ihrer Schmerzen geschieht, ist dabei zweitrangig, es ist in jedem Falle untragbar. Ich werde mich an höherer Stelle dafür einsetzen, dass sie geht.«

Florian Richter war klar, dass er hier auf verlorenem Posten kämpfte. Denn obwohl man ihn mit der hoch-

trabenden Zusatzbezeichnung Beauftragter für Personalfragen ausgestattet hatte, gegen den Willen seines
Vorgesetzten war er machtlos. Trotzdem widersprach er
ihm: »Es ist nahezu unmöglich, wenn alle auf einen losgehen und oftmals grundlos herummeckern, fehlerlos zu
bleiben. Dazu müsste man schon übernatürliche Fähig-
keiten haben. Im Übrigen machen alle Fehler, sogar Sie.«

Das hatte gesessen, denn Dr. Bärtig schnappte nach
Luft, und ihm schien darauf nichts einzufallen. So
sprach Florian Richter auch schnell weiter:

»Ihre Ausführungen waren zwar sehr interessant, aber
dürfte ich Sie jetzt bitten zu gehen?«

»Was soll das heißen? Wollen Sie mich allen Ernstes
aus Ihrem Büro werfen?«

»Natürlich nicht, aber ich habe nun mal zu arbeiten.
Wenn Sie es allerdings unbedingt so auffassen wollen,
kann ich Sie nicht daran hindern. Von mir aus können
Sie auch hier sitzenbleiben, bis der Tag um ist. Ich dagegen bin zum Arbeiten hier und habe jetzt einen wichtigen Termin, den ich nicht versäumen darf. Guten Tag.«

Nach diesen Worten stand Florian Richter auf, nahm
sein Sakko von der Stuhllehne und ließ den verblüfften
Dr. Bärtig allein in seinem Büro zurück.

Im Besprechungszimmer von Frau Thieme ging es zur
gleichen Zeit recht hektisch zu. Dass die Hektik hausge-
macht war, merkten die Anwesenden schnell, doch was
keiner wusste, war, dass die Sekretärin mit den zahlreichen Sonderwünschen ihres Chefs heillos überfordert
war und so kaum noch dazu kam, ihrer eigentlichen

Arbeit nachzugehen. Kein Wunder also, dass die Sechsundzwanzigjährige auf allerlei Fragen der beiden Betriebsratsmitglieder keine oder nur unzureichende Antworten geben konnte und versuchte, ihre Unsicherheit mit burschikosem Auftreten zu überspielen.

Als Frau Thieme wieder einmal ins Schwimmen kam und heftig nach Worten ringend eine Antwort schuldig blieb, sah Bianca ihren Mann an, und auf sein kurzes Nicken begann auch sie damit, die Fragen auf ihrer Liste, die sie in den letzten Tagen zusammengestellt hatte, auf die Sekretärin des Personalchefs niederprasseln zu lassen.

Nun war die Frau gänzlich überfordert. Statt auf die Fragen einzugehen, zauberte sie einen weiteren Packen Dokumente, Musterbeispiele sowie Rechenmodelle, zutage, und zu guter Letzt sagte sie: »So, das hier ist nun der Vorentwurf für einen Aufhebungsvertrag. Sehen Sie ihn sich gut an, und sagen Sie mir, ob ich ihn so aufsetzen kann.«

Ohne die Dokumente auch nur eines Blickes zu würdigen, rief Bianca aus: »Kommt überhaupt nicht in die Tüte! Ich brauche meine Arbeit und will auch arbeiten. Ich werde den Teufel tun und diesen Aufhebungsvertrag unterzeichnen. Ganz bestimmt nicht, niemals. Außerdem sind Sie nicht einmal willens, meine Fragen zu beantworten. Das wäre wohl das Mindeste, was ich erwarten kann.«

Bianca war froh, dass ihr Dirk Römer vor einigen Tagen geraten hatte, wie sie argumentieren könnte und welche Fragen sie stellen sollte. Er hatte sie wirklich sehr gut auf dieses Gespräch vorbereitet.

Ohne seine Tipps wäre sie verloren gewesen, dachte sie gerade. Da schaltete sich Conrad Bauschmann wieder ein: »Versuchen Sie doch nicht immerzu, Frau Müller zu verwirren. Es ist doch Ihre Absicht, nur um ja nicht antworten zu müssen. Frau Müller werden Sie so nicht zu einer unüberlegten Handlung bringen! Eben darum sind wir von der Betriebsratsseite dabei. Wir werden Frau Müller so beraten, dass keine übereilten Entscheidungen getroffen werden.«

»Ganz genau«, stimmte Sibylle Gerlach zu.

»Aber … das ist doch ein gutes Angebot«, erwiderte Marion Thieme unsicher.

»Keineswegs. Was Sie hier angeboten haben, das sind vielleicht theoretisch brauchbare Berechnungen und Beispiele. Aber konkrete Zahlen nennen, davor drücken Sie sich. Warum wohl? Weil die garantiert nicht so gut ausfallen werden, wie Sie es uns einreden wollen. Außerdem sollte Frau Müller ausreichend Zeit gelassen werden zu entscheiden, ob sie überhaupt …«

»Da gibt es nichts zu überlegen. Mein Entschluss steht fest. Ich brauche meine Arbeit, und ich will arbeiten.«

»Aber Frau Müller«, begann Marion Thieme erneut. »Überlegen Sie sich das gut. Nehmen Sie sich die Unterlagen mit, und entscheiden Sie in aller Ruhe.«

»Meine Entscheidung ist getroffen. Die Unterlagen können Sie wegwerfen.«

»Bedenken Sie bitte, dass, falls Sie nicht freiwillig unterschreiben, Ihnen in Ihrer Situation durchaus auch gekündigt werden kann. Wenn Sie vor dem Arbeitsgericht dann eine Abfindung einklagen – und mehr als eine solche wird dabei nicht herauskommen –, stellen Sie sich bedeutend schlechter als hiermit.«

»Wollen Sie mir drohen, Frau Thieme?«, rief Bianca aufgebracht, und Tobias ergänzte: »Ich lasse es nicht zu, dass Sie so mit meiner Frau umgehen.«

»Moment mal«, mischte sich nun Sibylle Gerlach entschlossen ein. »So geht das nicht, Frau Thieme. Falls Sie nicht darüber informiert sind, werde ich das jetzt tun, denn bei jeder Kündigung wird der Betriebsrat dazu angehört. Außerdem, was meinten Sie, als Sie ›in Ihrer Situation‹ sagten? Bezogen Sie sich damit auf die böswilligen Gerüchte, die seit Kurzem im Umlauf sind? Dann lassen Sie's sich gesagt sein: Es sind und bleiben nichts weiter als Verleumdungen der übelsten Sorte, und wir werden zu gegebener Zeit auch dagegen vorgehen. Frau Müller hat sich nie etwas zuschulden kommen lassen. Mit solchen unbegründeten Anschuldigungen kommen Sie bei keinem Arbeitsgericht durch; das kann ich Ihnen garantieren. Wir vom Betriebsrat wissen mit solchen Sachen umzugehen, und ich gebe Ihnen den Tipp, sich nicht selbst in diesen Strudel hineinziehen zu lassen. Sonst können auch ganz schnell Sie diejenige sein, die ihren Platz räumen muss.«

»Bitte, aber, na ja, schon …«, stammelte Marion Thieme eine Weile herum, um dann einen neuen Vorstoß zu wagen: »Überlegen Sie doch mal. Mit dem Geld aus der Abfindung kommen Sie eine ganze Zeit lang aus. Lang genug, sich einen neuen Job zu suchen.«

»Ach, sprechen Sie da aus Erfahrung?«, fragte Bianca geistesgegenwärtig. Damit brachte sie Marion Thieme endgültig aus der Fassung; ihr blieb der Mund offenstehen und die Sprache weg.

Als Bianca mit ihrem Mann und Sibylle Gerlach in ihre Abteilung zurückkam, lief ihnen gerade Florian Richter vor die Füße.

»Wie war's denn?«, wollte der Vorgesetzte wissen.

»Na ja«, meinte Bianca vage, »es hätte besser sein können.«

»Wieso?«

»In welchem Raum können wir uns mal ungestört mit dir unterhalten?«, fragte Sibylle zurück.

»Ähm … geht doch schon mal in mein Büro hoch, hier habt ihr den Schlüssel. Ich muss noch mal kurz weg, bin aber in einer Viertelstunde zurück.«

Die drei gingen in das Büro von Florian Richter, und keine zehn Minuten später war er auch schon da. Er brachte noch einen Stuhl aus dem angrenzenden Raum mit, setzte sich dazu und fragte: »So, was hat sich denn ergeben?«

Sie erzählten abwechselnd von der Unterredung mit Frau Thieme und wie Sibylle und Conrad ihr Paroli geboten hatten. Auch Biancas entschiedene Ablehnung wurde zur Sprache gebracht.

»Keine Angst, Bianca, das bekommen wir schon hin«, sagte Florian Richter aufmunternd, aber Sibylle mit all ihrer Erfahrung setzte nach: »So einfach wird das nicht werden, Herr Richter. Doch so wie Dr. Bärtig sich das vorstellt, geht es schon mal gar nicht; so schnell geben wir uns nicht geschlagen. Irgendwas stimmt doch bei dem Mann nicht im Oberstübchen.«

In der darauffolgenden Woche lief es an Biancas Arbeitsplatz so gut wie schon lange nicht mehr. Alles klappte, niemand machte Ärger, und weder von Dr. Bärtig noch von Marion Thieme war etwas zu sehen und zu hören.

»Vielleicht hat es was bewirkt, dass die beiden vom Betriebsrat mit bei Frau Thieme waren«, sagte Bianca hoffnungsvoll zu ihrem Mann, als sie sich am Morgen des dreißigsten April aus dem Bett schwang.

Aber schon der erste Blick aus dem Schlafzimmerfenster ließ ihre Laune, die sich in den letzten Tagen deutlich gebessert hatte, wieder auf den Nullpunkt sinken. Draußen goss es wie in Strömen, und es sah nicht so aus, als ob Petrus den Absperrhahn an diesem Tag noch finden würde.

Prompt meldeten sich auch ihre trüben Gedanken zurück, und als Bianca eine gute halbe Stunde später mit ihrem Mann das Haus verließ, dachte sie: *Hoffentlich geht es mir mit der blöden Thieme nicht so wie mit dem Wetter. Da hofft man, dass es endlich besser wird, und dann so was.*

Während Tobias den Wagen Kassel entgegensteuerte, lehnte sie sich im Beifahrersitz zurück und versuchte an etwas Schönes zu denken: ihren schon lange geplanten und gebuchten Mallorca-Urlaub. In sechs Wochen sollte es losgehen. Sie war gerade dabei, sich das schöne Hotel in Cala Millor mit dem herrlichen Pool vorzustellen, da tauchten Frau Thieme und Dr. Bärtig vor ihrem geistigen Auge auf, und schon konnte sie sich nicht mehr so richtig darauf freuen. So erging es ihr in der letzten Zeit öfters. Kaum erschien einer von den beiden oder jemand aus der Abteilung PVA in ihren Gedanken oder Träumen, da war an Essen, Schlafen oder andere Dinge nicht mehr zu denken. Selbst am Arbeitsplatz fiel es ihr an manchen Tagen unheimlich schwer, ihren Job gewissenhaft zu erledigen, denn sobald eine der bewussten Personen durch ihre Gedanken geisterte, machte sich Panik in ihr breit.

»So, Schatz, wir sind da. Willst du heute nicht aussteigen?«, riss Tobias sie aus ihren Grübeleien, und sie hätte ihm am liebsten geantwortet: Los, wende und gib Vollgas, ich muss hier weg. Aber natürlich ging das nicht. Deshalb spannte sie schweren Herzens ihren Schirm auf und marschierte tapfer dem Werkstor entgegen.

Bianca hatte schon eine ganze Weile konzentriert gearbeitet, als die Tür aufging und Dr. Bärtig eintrat. Sie fuhr heftig zusammen und hoffte sogleich, dass der Mann es nicht bemerkt hatte. Aber er sagte nur knapp und unterkühlt: »Morgen, das muss in die Abteilung zu Herrn Nitschke. Bitte mitnehmen, wenn Sie dort Ablage machen.« Dabei hielt er ihr einen Ordner entgegen.

Bianca konnte nicht mal »Mach ich« sagen, so schnell war der Chef wieder weg.

Meine Güte, dachte sie, *hat der Mann vielleicht eine Laune*. Wahrscheinlich nur, weil sie bei Frau Thieme so entschlossen aufgetreten war. *Damit hast du Idiot nicht gerechnet, wie? Aber warte nur, so schnell kriegst du mich nicht klein. Ich hab zwar nicht studiert wie du Depp, aber dafür mehr gesunden Menschenverstand, und wahrscheinlich sogar in meinem Leben bisher mehr gearbeitet als du.*

Sie wunderte sich nur, dass er überhaupt schon so früh da war. Wie spät war es eigentlich? Was, schon kurz vor halb neun? Jetzt musste sie sich aber sputen, um den vor ihr liegenden Stapel noch vor dem Frühstück abzuarbeiten.

Kaum hatte Bianca sich wieder in ihre Arbeit vertieft, ging abermals die Tür auf, und ihr Kollege Roland kam ins Büro gerannt. Dabei ließ er einen schweren Ordner so fest auf seinen Schreibtisch krachen, dass Bianca erneut zusammenfuhr.

Als sie zu ihm hinsah, fiel ihr gleich sein verärgerter Gesichtsausdruck auf, und sie fragte: »Was soll das denn? Was ist los? Wer hat dich so geärgert?«

»Wer wohl …? Florian kommt wirklich auf die merkwürdigsten Ideen. Ich soll für ihn eine Liste mit den Daten der Logistikmuster erstellen. Für diejenigen, die letztens ausgelagert wurden, weißt du.«

»Ja, klar. Hast du dir denn, als du die abgelaufenen ausgelagert und in die Fässer verpackt hast, nicht die Daten dazu notiert?«

»Nein, wozu denn? Die werden doch sowieso entsorgt.«

»Ja, aber das muss doch trotzdem dokumentiert werden. Wenn die hohen Herren aus der Zentrale mal wieder zum Kontrollieren kommen, wollen sie immer diese Listen mit den Bestandslisten vergleichen können. Sonst gibt's doch nur Zoff.«

»Warum hast du mir das nicht vorher gesagt?«

»Na, du bist gut. Als du diese Auslagerung gemacht hast, hatte ich zwei Tage Urlaub. Mich hat niemand danach gefragt, und du hättest dich wahrscheinlich bedankt, wenn ich mich ungefragt eingemischt und dir deine Arbeit erklärt hätte.«

»Stimmt schon«, sagte Roland niedergeschlagen, und um ihn wieder etwas aufzumuntern, meinte Bianca: »Aber ich kann dir helfen, das in Ordnung zu bringen.«

Nach diesem langen Tag folgte der erste Mai, und am darauffolgenden Brückentag blieb die Abteilung geschlossen, da in vielen Labors ebenfalls nicht gearbeitet wurde. Das ergab ein herrliches langes Wochenende, und auch das Wetter hatte ein Einsehen, sodass Bianca für einige Tage den Ärger in der Firma vergessen konnte.

Am Montag darauf waren sie und Roland gerade dabei, die Fässer Nummer vier und fünf zu öffnen, als Florian die Halle betrat.

»Danke, Bianca, dass du Roland hilfst. Sonst wären wir wahrscheinlich noch in vierzehn Tagen dabei, die Fässer zu kontrollieren. Mehr als notwendig ist es ja leider. Ich habe bei dem Vergleich der letzten beiden Bestandslisten festgestellt, dass einige Chargen in die Entsorgungsfässer geraten sein müssen, die noch gar nicht hätten ausgelagert werden dürfen.«

»War die Lagerzeit denn noch nicht abgelaufen?«

»Ganz genau. In den meisten Fällen handelte es sich nur um wenige Monate, aber in einem Fall muss das Präparat noch zwei Jahre gelagert werden. Zum Glück ist mir das aufgefallen. Zumal der Termin für die Abholung der Fässer seit heute früh feststeht. Der Wagen der Entsorgungsfirma ist morgen am frühen Nachmittag hier.«

»Wie sollen wir das schaffen? Roland geht doch in zwei Stunden schon.«

»Irrtum, Bianca, ich muss heute schon in einer halben Stunde weg«, setzte Roland frech grinsend hinzu.

»Vergiss es, das hier geht vor. Du hast doch gehört, dass Florian gesagt hat, der Wagen zur Entsorgung kommt morgen schon. Da wirst du deinen Termin eben mal absagen müssen.«

»Spinnst du jetzt komplett?«, rief Roland entsetzt. »Ich hoffe, du hast dir nur einen Scherz erlaubt.«

»Da täuschst du dich aber gewaltig, Roland«, sprang Florian Richter Bianca zur Seite. »Das war ganz bestimmt kein Scherz, sondern die reine Wahrheit. Ich kann mich da Bianca nur anschließen. Ich wollte dich selbst gerade bitten, hier zu bleiben. Wenn Bianca dir schon hilft, dann kannst du ruhig auch mal ein paar Stunden deiner Freizeit dafür opfern.«

»Freizeit? Ich habe einen wichtigen Termin.«

»Dieses Wort kann ich von dir nicht mehr hören, Roland«, sagte Florian Richter aufgebracht. »Das ist wichtig heute.«

»Na gut, aber wie soll ich das jetzt regeln?«

Während die beiden Männer lautstark diskutierten, war Bianca mit ihrer Arbeit fortgefahren und hatte das nächste Fass leergeräumt.

Kurz entschlossen nahm sie die Kästen, die für die Probenverteilung vorgesehen waren, und fing mit dem Sortieren an.

»Florian, hast du die neue Liste zum Abgleichen bei dir? Ich brauche sie jetzt.«

»Oh, entschuldige, Bianca, hier ist sie. Ist das Fass schon leer?«

»Ja, ich fange gerade mit Sortieren an.«

»Dann viel Spaß dabei«, sagte er und zog ab.

»Und bei uns heißt es jetzt an die Arbeit gehen, nicht wahr, Roland?«, stichelte Bianca.

»Ich wollte den Chef erst mal gehen lassen«, erwiderte der.

»Ach ja?«, fragte Bianca, der Übles schwante.

»Es tut mir für dich leid, aber ich muss gehen. Es geht wirklich nicht anders.«

»Findest du das Florian gegenüber in Ordnung? Du hast versprochen da zu bleiben.«

»Hab ich doch gar nicht.«

»Wenn du meinst; zum Diskutieren ist wirklich keine Zeit. Tu, was du für richtig hältst. Ich verpetze dich nicht, aber ich lüge Florian auch nicht an, wenn er mich fragt, nur zu deiner Info.«

»Klaro, dann tschüs bis morgen.«

»Halt«, rief Bianca ihm nach, »lass mir wenigstens das Telefon da.«

»Okay, hier ist es.«

Er reichte ihr das Mobilteil.

Bianca murmelte ein Danke und wählte rasch die Nummer von Dirk Römer.

»Hallo, Dirk, hier ist Bianca. Ich wollte dir nur sagen, dass es heute nicht mehr klappt zum Rüberkommen, denn hier brennt's lichterloh in der Vorhalle.«

Während ihres Telefonats kam Florian Richter in die Vorhalle und bekam mit, dass Bianca mit Dirk sprach.

Dabei gab er ihr ein Zeichen, und Bianca sagte zu Dirk Römer: »Warte mal grade, Florian will mit dir reden.«

Dann gab sie den Hörer weiter.

Während sie wieder an die Fässer herantrat, um weiterzuarbeiten, lauschte sie dem Gespräch. Aber schon kurz darauf hörte sie ihren Vorgesetzten sagen: »Danke für dein Verständnis, Dirk.«

Dann wandte Florian sich an Bianca: »Mache dir bitte keinen Stress und nur das, was du in der regulären Arbeitszeit schaffst. Übrigens: Wo ist Roland? Er sollte dich hier unterstützen! Wenn er es schon allein nicht auf die Reihe bringt, schließlich hat er das Ganze verbockt.«

»Wenn du dich beeilst, siehst du ihn vielleicht noch. Er wollte gerade fort.«

»Machst du Witze?«

»Nein, die vergehen einem hier.«

Florian spurtete aus der Vorhalle in den Hof. Kurz darauf hörte Bianca ihn laut fluchen, dann kam er zurück.

»Ich habe grade noch seine Rücklichter gesehen. Es würde mich ohnehin mal interessieren, wo der Mann die Einfahrgenehmigung herhat, um mit dem Privatwagen aufs Werksgelände zu fahren. Die sind gar nicht so leicht zu bekommen.«

»Ich weiß, ich habe es selbst mal versucht, als wir noch zwei Autos hatten. Damals hat man das mit dem Hinweis auf die angespannte Parkplatzsituation im Werk abgelehnt. Aber freu dich doch, Florian, dann kannst du morgen zu Roland sagen, dass du ihn hast wegfahren sehen, und er kann sich nicht bei dir rausreden.«

Während er mit dem Werkswagen zur Personalabteilung unterwegs war, dachte Florian Richter über Bianca Müller nach und was soeben in der Vorhalle abgelaufen war.

Ausgerechnet diese Mitarbeiterin wollte sein Chef loswerden. Sie war doch eine der wenigen, die pflichtbewusst ihre Arbeit machten und vor allem nicht viel drumrum redeten. Während er sich mit Roland auseinandersetzte, hatte sie ein Fass leergeräumt und bereits mit dem Sortieren angefangen. Das sollte Roland mal nachmachen. Der Mann kam doch überhaupt nicht in die Hufe. Morgen stand ihm eine gewaltige Standpauke bevor, das stand fest. *Ignoriert er doch einfach meine Bitte und geht heim! Ich fass es nicht!* Schnell parkte Florian den Wagen auf dem Firmenparkplatz ein, eilte in das Verwaltungsgebäude und fuhr mit dem Lift in die siebte Etage.

»Entschuldigen Sie bitte, Herr Dr. Kähler«, sagte Florian Richter beim Eintreten. »Ich wollte eigentlich schon längst da sein. Bei uns geht es heute wieder drunter und drüber.«

»Kenne ich zur Genüge, nicht schlimm. Dafür konnte ich in der Zwischenzeit noch etwas aufarbeiten und unterschreiben.«

Er drückte den Knopf der Sprechanlage. »Frau Thieme, Sie können die Unterlagen haben und in die Post geben.«

8.

Tags darauf, es war gerade mal zwanzig Minuten vor sieben, ging Bianca in die Vorhalle, um die letzten vier Fässer in Angriff zu nehmen. Beim Ausräumen dachte sie über ihren Kollegen nach und fragte sich, wann er wohl heute kommen würde. Da sich auch Roland leicht ausrechnen konnte, dass Florian Richter ihn gehörig ins Gebet nehmen würde, war sie nicht einmal sicher, ob er überhaupt käme.

Nun gut, so war wenigstens eine herrliche Ruhe in der Vorhalle, und Bianca kam schneller voran als gedacht. Um Viertel nach acht hatte sie das letzte Fass leergeräumt und fing gerade an den Inhalt zu sortieren, als die Kollegin Beatrix an ihr vorbeilief.

»Morgen, Bianca«, sagte sie freundlich.

»Morgen, Beatrix.«

»Ihr habt da eine besonders schöne Arbeit, muss ich sagen – dein Kollege und du. Wie weit seid ihr denn gekommen? Ich hab schon gehört, was da passiert ist; mein Chef hat das alles brühwarm mitbekommen.«

»Hab ich mir schon gedacht, dass das bald die Runde macht. Dann kann ruhig auch bekannt werden, dass ich den größten Teil oder, sagen wir mal, fast alles alleine gemacht habe. Wenn schon, dann soll es auch richtig rüberkommen.«

»Ist das wirklich wahr?«, staunte Beatrix. »Dein Kollege hat bei uns gejammert, wie viel Arbeit es wäre, die Fässer auszuräumen.«

»Hat er das wirklich gesagt?«

»Ja.«

»Es ist doch schön, das auch mal zu erfahren. Danke.«

So arbeitete Bianca verbissen und auch etwas verärgert weiter, um zügig voranzukommen. *Mal sehen, wann der Erste hier erscheint,* dachte sie noch, als auch schon die Tür geöffnet wurde und Florian mit Dirk Römer hereinkam.

»Na, schon wieder fleißig?«, sagte Dirk zur Begrüßung.

»Tja, irgendwie muss ich schließlich fertig werden, bis die Fässer abgeholt werden.«

»Wie weit bist du denn, Bianca?«, setzte Florian nach.

»Die Fässer sind alle leergeräumt, und die Hälfte davon ist sortiert.«

»Prima, und dein Kollege hat dir dabei geholfen«, schmunzelte Dirk Römer.

»So ähnlich«, sagte Bianca zuerst vage, setzte dann aber hinzu: »Ich habe ihn heute noch nicht zu Gesicht bekommen.«

»Ist er immer noch nicht da!«, rief Florian entsetzt. »Und wer fährt die Autorunde?«

»Keine Ahnung, Florian. Ich habe hier meine liebe Mühe, dass ich rechtzeitig fertig werde.«

»Das ist mir schon klar. Wenn du deinen Kollegen siehst, schicke ihn mal zu mir ins Büro.«

»Mach ich.«

»Ich habe dir den nächsten Packen Dokumente auf deinen Tisch gelegt, dann brauchst du nicht rüberkommen und kannst das gleich fertig machen«, sagte Dirk Römer.

»Lieb von dir. Und sobald ich wieder Luft habe, komme ich Ablage machen.«

»Okay, aber eins nach dem andern.«

Dann gingen beide und Bianca arbeitete weiter. Sie hörte gerade noch, wie Florian zu Dirk sagte: »Wäre Roland nur halb so gewissenhaft wie Bianca, wir hätten hier das Paradies auf Erden.«

»Das glaube ich dir gerne«, sagte Dirk zu seinem Kollegen, während sie vor dem Gebäude stehenblieben.

»Sie ist vielleicht durch ihr Handicap nicht ganz so schnell wie andere«, sagte Florian Richter nachdenklich. »Aber dafür quasselt sie auch nicht den ganzen Tag lang Unfug und arbeitet systematisch weiter. Auf Schnelligkeit allein kommt es nun mal nicht an, aber das begreifen manche Personen einfach nicht.«

»Das kann ich nur bestätigen. Sie hilft mir ungemein mit den Schulungsunterlagen, und ich hätte es nicht für möglich gehalten, dass sie sich so schnell in das Programm hineinfinden würde. Übrigens kannst du offen mit mir reden, ich weiß genau, wen du mit ›manchen Personen‹ meinst. Das seltsame Ansinnen Dr. Bärtigs, ausgerechnet Bianca loszuwerden, ist mir, wie du weißt, bereits zu Ohren gekommen. Außerdem habe ich da was läuten hören, dass Bärtig die Gruppe seines Kumpels Norbert Windisch auch früher schon öfters zu schützen versucht hat.«

»Kannst du auch weiterhin die Ohren offen halten und, wenn du etwas hörst, mir sofort Bescheid sagen?«

»Klar, Florian, mach ich, das hätte ich ohnehin. Jetzt muss ich aber los.«

Bianca arbeitete unterdessen alleine weiter, denn von ihrem Kollegen war weit und breit nichts zu sehen, und die Probekiste blieb unberührt stehen.

Na, da war der nächste Krach ja bereits vorprogrammiert, dachte Bianca und stutzte auf einmal. *Irgendwas stimmt doch hier nicht. Das muss ich mir mal genauer ansehen.*

Sie stellte fest, dass mehrere Proben dieselbe Chargennummer hatten, was eigentlich nicht sein konnte und durfte.

Sie ging an ihren Rechner, um sich das auf dem Server anzusehen, nur leider wurde sie dadurch auch nicht schlauer, denn dort stand dasselbe zweimal geschrieben.

»Tja, Roland, das tut mir nun wirklich leid, aber das muss ich Florian sagen. Es geht nicht anders.«

Wie sie es erwartet hatte, fing ihr Chef auch sofort an zu fluchen. »Verdammt noch mal, hier stimmt doch überhaupt nichts. Danke, dass du mir das gesagt hast. Ich kümmere mich sofort selbst darum, damit du hier weitermachen kannst, du bist deshalb auch für die Routinebesprechung entschuldigt.«

»Alles klar. Außerdem muss ich dir noch was erzählen, das wollte ich vorhin nicht, als Dirk dabei war.« Rasch berichtete Bianca, was sie von Beatrix erfahren hatte.

»Ich werde bei der Routine einige Worte dazu sagen, auch wenn unser lieber Kollege dann immer noch nicht hier ist und sich verteidigen kann. Gemeldet hat er sich übrigens auch noch nicht. Ich bin stocksauer.«

Auf diesen Stress folgten wiederum einige ruhigere Tage, und als die Woche sich dem Ende zuneigte, war es Bianca beinahe schon zu ruhig. Was würde wohl in der neuen Woche wieder auf sie einprasseln? Aber auch Tobias erkannte seine Frau kaum wieder. Während sie sich früher immer auf die nächste Arbeitswoche gefreut hatte und schon am Sonntagabend von den vielfältigen Aufgaben erzählte, die sie erwarteten, geriet sie jetzt schon fast in Panik, wenn der Wochenbeginn nahte. Ihre Gedanken kreisten dann nur noch selten um die Arbeit, vielmehr grübelte sie darüber nach, wo es Konflikte geben könnte und wer ihr dieses Mal an den Karren fahren würde.

Die Nacht zum Montag war in den letzten Wochen immer kürzer geworden, weil Bianca zuerst nicht den Weg ins Bett fand und, wenn sie endlich lag, kaum noch einschlafen konnte. Ihre Gedanken drehten sich nur noch im Kreis und blieben ständig bei der Windisch-Gruppe hängen. Seltsame Bilder verfolgten sie bis in ihre Träume, und sie hoffte inständig, dort nicht schon wieder eine Abfüllung machen zu müssen. Erst vorletzte Nacht war ihr wieder einmal das Gesicht Bärtigs im Traum erschienen, und sie war schweißgebadet wach geworden. Als sie auf die Uhr gesehen hatte, war es grade mal halb vier, und es hatte ewig gedauert, bis sie total übermüdet wieder eingeschlafen war.

Am Morgen war sie dann mit bleischweren Gliedern aufgewacht und hatte, wie so oft in letzter Zeit, zu ihrem Mann gesagt: »Könnte die Zeit nicht einfach am Samstag stehenbleiben? Dann wäre immer Wochenende, und ich bräuchte keine Angst mehr vor dem Montag zu haben.«

Doch auch dieses Mal ließ sich der Montag natürlich

nicht aufhalten, und wie immer kam ihre Tatkraft mit dem starken Morgenkaffee zurück. Sie hatte schon den Verdacht, dass ihr Mann ihn absichtlich stärker machte, damit sie wieder Kraft für den Wochenstart hatte. Als sie gut zwanzig Minuten später losfuhren, war Bianca schon fast wieder die Alte.

Selbst dass sie heute zur Abfüllung in Norbert Windischs Abteilung musste, konnte sie nicht aus der Ruhe bringen. Gemächlichen Schrittes ging sie ins Nachbargebäude und erledigte in aller Gelassenheit ihre Arbeit. Dass sie damit schneller als sonst fertig wurde, lag bestimmt auch daran, dass Jonas Mertens heute frei hatte. Stattdessen zeichnete Daniela Kolb ihre Unterlagen und das Protokoll für die Analysenwaage ab. Sie hatte keinerlei Beanstandungen, und so konnte Bianca erst mal durchatmen, nachdem sie das Labor verlassen hatte.

Doch obwohl Jonas nicht da und auch von Norbert weit und breit nichts zu sehen war, war Bianca heute alles etwas unheimlich. Auch wenn Daniela die Freundlichste von allen war, immer mal ein persönliches Wort mit ihr wechselte und nur selten etwas auszusetzen hatte, hatte Bianca den Eindruck, trotzdem auf der Hut sein zu müssen.

Sie ging in den Bürobereich und ließ sich geschafft an dem Platz gegenüber Mona nieder, wo sie immer ihre schriftlichen Arbeiten erledigte. Inzwischen war es ziemlich warm geworden.

Nachdem sie sich zwei Minuten lang ausgeruht hatte, packte sie ihre Unterlagen zusammen, steckte alles in ihre Tasche, sagte »Tschüs« und wollte den Raum schon verlassen als sie Claudias scharfer Ruf zurückhielt: »Moment mal, halt!«

»Was ist denn los?«

»Weißt du, wie viel Arbeit du uns gemacht hast?«

»Wieso? Heute im Labor kannst du nicht meinen, und sonst? Ich bin doch schon seit Monaten nicht mehr hier«, verteidigte Bianca sich.

»Da siehst du mal, wie lange das Chaos, das du verbreitest, noch nachwirkt.«

»Was soll ich denn jetzt schon wieder gemacht haben?«

»Du sollst nicht, du hast es. Kannst du dich noch daran erinnern, wie du die Chargennummern auf den Listen abgleichen und gegebenenfalls ersetzen solltest?«

»Allerdings, das war eine Heidenarbeit.«

»Muss man deshalb gleich so pfuschen? Wir haben kürzlich ein Präparat mit dem Buchstaben N gesucht. Einen ganzen Tag lang, bis wir es gefunden haben. Weißt du, wo?«

»Nein.«

»Unter B – das muss man sich mal vorstellen! Dabei ist uns noch was aufgefallen. Du hast doch die verschlissenen Rückenschilder ersetzt. Mal abgesehen davon, dass du sie völlig schief aufgeklebt hast, hast du dich auch noch vertan. Einer der beiden B-Ordner heißt nun leider ›A‹. Vielleicht könntest du zur Abwechslung auch mal was richtig machen.« Claudias Stimme schien nur noch aus Hohn und Spott zu bestehen.

»So, jetzt reicht's mir allerdings auch. Von dir lasse ich mich nicht beleidigen. Such dir doch eine Blödere aus, der du deine eigenen Fehler unterjubeln kannst.

Als ich diese Arbeit gemacht habe, wurde sie hinterher begutachtet, und da hatte niemand etwas auszusetzen. Außerdem habe ich Dringenderes zu tun, als mich hier grundlos runterputzen zu lassen. Auf … Ach, rutscht mir …«

Damit drehte sie sich um und verließ den Bürobereich durch die Hintertür.

Kaum war Bianca draußen, stand Daniela im Nachbarbüro und sah ihre Kollegin fassungslos an. »Sag mal, was war denn das eben? Hast du sie noch alle? Diese Runde geht eindeutig an Bianca, denn sie hat absolut recht. Ihre Arbeit habe ich damals selbst abgenommen, und alles war in bester Ordnung. Du hast doch wohl eine Schraube locker, so etwas zu behaupten.«

Claudia sah ihre Kollegin verwundert an, denn dass sie ihr Widerworte gab, war sie nicht gewohnt. Bevor sie aber etwas entgegensetzen konnte, hatte Daniela sich bereits umgedreht und war zu ihrem Arbeitsplatz zurückgegangen.

Als Bianca wieder an ihrem Schreibtisch saß und den Rechner mit dem Passwort entsperrte, hörte sie Florian Richter mit Roland diskutieren. Sie kümmerte sich nicht weiter darum und fing mit ihrer Arbeit an, konnte es aber nicht ganz vermeiden zuzuhören.

»Sei doch so gut, Roland, und komm nachher mal zu mir ins Büro.«

»Wenn ich meine Bestellungen gemacht habe, komme ich«, sagte Roland äußerlich ziemlich ruhig, kochte aber

innerlich vor Wut, wie Bianca schon bei kurzem Auf-
schauen nicht entging.

Florian Richter wollte gerade das Büro verlassen, da
sprach ihn Bianca an: »Florian, wann kann ich nachher
zu dir hochkommen? Wie passt es denn bei dir?«

Er sah auf seine Armbanduhr und sagte ruhig: »Ist in
einer halben Stunde in Ordnung?«

Florian Richter schüttelte nur stumm den Kopf, als Bianca ihm von Claudia Schmückers Attacke erzählte und
welche Worte sie gebraucht hatte.

»Das hast du sehr gut gemacht, Bianca. Mal ganz abgesehen davon, ob da wirklich was dran ist, so wie sie das
gebracht hat, ist es ein ganz schlechter Stil. Ich denke,
wir müssen nun wirklich etwas unternehmen.«

»Mir ist noch etwas eingefallen. Als ich durch die
Hintertür raus bin, hab ich noch gehört, wie Daniela
Claudia gefragt hat, ob sie noch alle beisammen hat. Ich
weiß nicht genau, ob sich das auf Claudias Verhalten mir
gegenüber bezog, aber irgendwie kam es mir so vor, als
ob die Gruppe sich untereinander nicht einig wäre. Und
ich bin mir auch ziemlich sicher, dass all die Attacken
vorrangig von Claudia und Jonas ausgehen, denn heute
hat mir Daniela das Labor abgezeichnet, und sie hatte
keinerlei Beanstandungen. Sie war sogar sehr freundlich
zu mir, und wir haben uns einige Minuten unterhalten,
bevor ich anfing zu arbeiten.«

»Das ist schön, auch mal etwas Positives von dort zu
hören«, freute Florian sich. »Trotzdem sollten wir gewappnet bleiben.«

»Auf alle Fälle.«

»Erinnerst du dich noch daran, dass wir einmal darüber nachgedacht haben, wer da drüben am ehesten bereit wäre auszupacken?«

»Natürlich, und ich glaube nach wie vor, das ist Daniela. Heute wäre ein günstiger Tag dafür. Jonas hat Urlaub, und Windisch ist heute Mittag ab dreizehn Uhr auf einer Sitzung. Außerdem hat Mona verlauten lassen, sie müsse um zwölf Uhr gehen.«

»Das passt ja prima; meine Sitzung heute Mittag wurde auch verschoben. Gehen wir um halb zwei?«

»Das machen wir.«

Bianca hatte ihre Arbeit noch nicht allzu lange fortgesetzt und war erstaunlich gut vorangekommen, da sagte Roland plötzlich: »Wenn mich jemand sucht, ich bin bei Florian«, und stand auf.

»Okay.« Bianca schmunzelte in sich hinein. Was war denn heute los? Er hatte doch noch nie gesagt, wohin er ging. Wahrscheinlich hatte es neulich mächtig Ärger gegeben, als er erst gegen Mittag gekommen und um halb zwei schon wieder gegangen war. Welcher Chef ließ sich schon so auf der Nase rumtanzen?

Bianca wandte sich wieder ihrer Arbeit zu und erledigte Stapel um Stapel.

Mal sehen, dachte sie, *vielleicht kann ich heute Nachmittag, wenn wir zurück sind, noch mal zu Dirk und dort die Ablage machen.* Aber jetzt sollte sie schnell weiterarbeiten, denn die Ruhe hier war sehr günstig, da würde sie noch besser vorankommen. *Mal sehen, wann Roland wieder da ist.*

Leider hielt die herrliche Stille nicht allzu lange an, denn ihr Kollege kam bald ins Büro gestürmt und ließ den Ordner, den er vom Chef mitgebracht hatte, wieder mal laut polternd auf seinen Schreibtisch knallen.

»Du meine Güte!«, sagte Bianca erschrocken, sah den Kollegen verständnislos an und fragte: »Was ist denn jetzt schon wieder los? Was ist passiert?«

»Dieser … Florian wird mich noch kennenlernen!«, rief er so wutentbrannt, dass die beiden Kollegen, die gerade an der Tür vorbeikamen, in ihrem Gespräch innehielten und erstaunt durch die halb offenstehende Bürotür hineinsahen.

Rasch stand Bianca auf und schloss die Tür, denn ein Extra-Schauspiel für die Leute im Gebäude wollte sie unbedingt vermeiden. Es war schon heftig genug, wie sich Roland oftmals aufführte, wenn sie beide allein im Büro waren. So auch dieses Mal. Denn er konnte seinen Unmut wie so oft nicht zurückhalten und ließ eine Schimpfkanonade vom Stapel, die nicht von schlechten Eltern war. Wenigstens meckerte er Bianca nicht an, sondern zog nur über andere Kollegen und über Vorgesetzte her. Zum Schluss kam noch einmal Florian Richter an die Reihe: »Unser Chef hat sie doch nicht mehr alle. Stell dir mal vor, Bianca, sagt der doch zu mir, das wäre die allerletzte Ermahnung gewesen und demnächst würde er einen Schritt weitergehen. Was sagst du denn dazu?«

»Nichts mehr, das ist besser so«, sagte Bianca knapp, denn sie hütete sich davor, ihre wahre Meinung kundzutun. Wahrscheinlich würde die ihrem Kollegen weder passen, noch verstünde er sie.

124

»Aber ich weiß jetzt, was ich zu tun habe«, setzte Roland nach, als Bianca weiterhin schwieg.

»So, was denn?«

»Meine Arbeit ist für heute beendet, mir reicht's endgültig. Um halb eins muss ich sowieso Ben vom Kindergarten abholen.« Dabei packte er seine Siebensachen zusammen und sagte leichthin: »Geh ich eben ein bisschen früher; soll Florian doch sehen, wie er zurechtkommt.«

»Und deine Arbeit?«

»Ist mir scheißegal. Die liegt auch morgen noch auf meinem Schreibtisch, der D… Florian macht sie gewiss nicht.«

»Da hätte er auch viel zu tun«, erklärte Bianca grinsend, aber Roland verstand ihre Anspielung nicht und verließ, ohne sich zu verabschieden, den Raum.

Als er die Tür hinter sich ins Schloss gezogen hatte, wandte Bianca sich wieder ihrer eigenen Arbeit zu, mit der sie nun, da es wieder ruhig war, noch besser vorankam.

Um halb zwölf, sie war noch immer ganz in ihre Arbeit vertieft, platzte ihr Chef herein, der eigentlich zu Roland wollte. »Wo steckt er denn? Hat er mir die Liste gemacht, die ich nun brauche?«

Ach du Schreck, dachte Bianca, *auch das noch. Da wird Florian sich aber freuen.*

»Wenn ich dir das jetzt sage, gehst du an die Decke; das weiß ich.«

»Sag jetzt nicht, dass er schon wieder zum Tratschen in seinem alten Betrieb ist …«

»Nein, Florian, mittlerweile ist er bestimmt zu Hause.«

Florian Richter ließ sich kraftlos auf einen Stuhl fallen. Es gelang ihm kaum, vor Bianca zu verbergen, wie sehr es in ihm brodelte.

»Dieser Mann treibt mich noch zur Weißglut«, presste er hervor. »Ich hatte ihn eindringlich gebeten, mir diese Liste fertig zu machen.«

»Soll ich das übernehmen?«, bot Bianca an.

»Du hast doch schon mehr als genug zu tun. Außerdem weiß ich auch so, dass du Roland ständig unterstützt, sonst würde selbst das Nötigste nicht fertig.«

»Das mache ich für dich, weil ich Rolands Gleichgültigkeit absolut nicht in Ordnung finde. Nur dir zuliebe habe ich ihn noch nicht auflaufen lassen. Es reicht ja schon, wenn er aus deinem Büro zurückkommt und die Ordner, die du ihm mitgibst, hier auf den Tisch krachen lässt. Ein Wunder, dass mein Trommelfell noch nicht geplatzt ist. Vorhin haben sogar Kollegen vom Flur aus erstaunt hereingesehen und gegrinst. Das war vielleicht peinlich. Da hab ich die Tür schnell zugemacht.«

»Geht das hier immer so zu, Bianca? Ich bitte dich, hier wirklich ehrlich zu sein, dann kann ich auch entsprechend handeln.«

»Ich wollte Roland eigentlich nicht verpetzen, das ist nicht meine Art. Und wenn du mich nicht gefragt hättest, von mir aus hätte ich nie was gesagt.«

»Das weiß ich, bitte dich aber trotzdem darum.«

»Ich will meinen Kollegen nicht unmöglich machen.«

»Das schafft er schon von alleine, und unter uns gesagt,

bewegt sich dein Kollege auf sehr dünnem Eis. Ich weiß aber auch so Bescheid jetzt, danke.«

Auf die Minute pünktlich holte Florian Richter Bianca im Büro ab, und zusammen gingen sie zur Abteilung PVA hinüber. Sie hatten Glück, denn im sonst leeren Flur des Nachbargebäudes lief ihnen Daniela Kolb direkt in die Arme.

Florian trat ihr in den Weg und sagte entschlossen: »Ich denke, es wird Zeit, dass wir einmal Klartext reden. Was ist das für ein Spiel, dass ihr mit Bianca treibt?«

»Ich verstehe nicht«, sagte Daniela zögernd.

»Das kann wohl nicht sein, denn ihr mobbt Bianca, wo immer es geht. Ständig behauptet ihr, sie hätte ihren Arbeitsplatz unsauber verlassen.«

»Ich weiß es nicht, wenn ich die Abnahme gemacht habe, war bis auf einmal alles in Ordnung.«

»Oder wie war das damals, als Bianca angeblich schuld daran war, dass der Auftrag für Island geplatzt ist? Obwohl alles glatt gelaufen war?«

»Das … das war ein ganz großes Missverständnis. Jonas hatte nur geglaubt, dass die Lieferung …«

»… und damit rennt ihr gleich zum Chef, ohne es nachzuprüfen! Schämt ihr euch denn gar nicht? Aber sonderbar ist es schon, denn mir ist da eine ganz andere Version zu Ohren gekommen. Nach Dr. Bärtigs späterer und vor allem offizieller Verlautbarung war es nur eurem Fleiß und eurer Überstundenbereitschaft zu verdanken, dass es doch noch geklappt hat.«

»Ja … äh … nein … oder äh …«

»Wie dem auch sei, die Überstunden hat bei euch doch wohl nur Bianca gemacht. Immer wenn sie etwas vorhatte, kam Jonas mittags noch mit besonders dicken Aufträgen an.«

»Ja, das stimmt. Das habe ich damals schon nicht verstanden.«

»Als Dank dafür, dass sie alles klaglos gemacht hat, habt ihr sie dann eiskalt mit der Begründung abserviert, sie sei unfähig und faul. Findest du das in Ordnung?«

»Nein, aber unsere Arbeit ist auch immer weniger geworden.«

»Kein Wunder, wenn ihr Bianca schuften lasst wie einen Ackergaul und sie zum Dank dafür auch noch mobbt. Selbst heute hat sie noch unter euch zu leiden.«

»Nein, bestimmt nicht, ich habe das nie mitgemacht.«

»Warum hat Claudia dann heute Morgen erst behauptet, Bianca hätte Unterlagen vertauscht und Rückenschilder falsch aufgeklebt? Sodass ihr einen ganzen Tag danach suchen musstet?«

»Da weiß …, ach so, das war anders. Da ging es um ein Präparat mit unaussprechlichem Namen, keiner von uns wusste mehr so recht, wie es geschrieben wird. Deshalb haben wir so lange gesucht.«

Bianca ergriff nun selbst tapfer das Wort, obwohl sie den Tränen nahe war.

»Ich finde es echt gemein, wie ihr mit mir umgeht, Daniela. Was habe ich euch eigentlich getan? Mich würde mal interessieren, wie es euch dabei gehen würde, wenn andere so mit euch umspringen würden.«

»Das … das …« war alles, was Daniela herausbrachte,

und man sah ihr deutlich an, dass auch sie alles andere als glücklich war.

Die Gelegenheit griff Florian Richter beim Schopf: »Danke, dass du so offen warst, Daniela. Würdest du bitte mit uns zu Dr. Vollmer kommen, damit wir alle diese Dinge richtigstellen können?«

»Nein … nein, um Himmels willen«, schrie Daniela entsetzt. »Wenn ich das tue, bin ich meinen Job los.«

»Aber bei Bianca ist es dir egal, was?«

Statt zu antworten, drehte sich Daniela Kolb auf dem Absatz herum und rannte davon.

Florian und Bianca sahen ihr konsterniert hinterher. Als sie in den Gang zum Schreibbüro abbog, sagte Florian: »Auch wenn wir nicht wirklich viel erreicht haben, wissen wir doch einmal mehr Bescheid. Ich werde in den nächsten Tagen noch einmal eindringlich mit Norbert und Dr. Bärtig reden. Vielleicht ist dann dieses unsägliche Ansinnen endlich vom Tisch.«

»Schön wär's«, seufzte Bianca.

Hoffentlich hat Florian recht, dachte sie, als sie wieder in ihrem Büro saß. *Wenn ich meine Arbeit verliere, was wird dann aus meinem Mann und mir*? Es konnte nicht jeder so viel Energie haben wie ihre Freundin Elke. Die hatte wirklich Mumm. Als ihr Betrieb die Außenstelle in Frankenberg geschlossen hatte, pachtete die Frau kurz entschlossen einen leerstehenden Laden und eröffnete eine Drogerie. Bianca hätte nie gedacht, dass das Ding wirklich laufen würde. Aber solch ein Glück konnte nicht jeder haben.

Dann dachte Bianca an ihren bevorstehenden Urlaub auf Mallorca. Aber die übliche Vorfreude wollte sich diesmal nicht einstellen. Stattdessen wurde sie nur trauriger, und um nicht plötzlich losheulen zu müssen, stürzte sie sich in die Arbeit.

Sie vertiefte sich so sehr in ihre Tätigkeit, dass sie erst wieder auf die Uhr sah, als der ganze Berg Schulungsunterlagen, der seit dem Morgen auf ihrem Schreibtisch lag, abgearbeitet war.

»Ach du meine Güte«, murmelte sie vor sich hin. Schon so spät. *Oh, verdammt noch mal, ich wollte doch noch zu Dirk Römer gehen und Ablage machen.* Schnell raffte sie ihre Sachen zusammen und verließ ihren Arbeitsplatz.

»Na, dir scheint es ja echt gut dort zu gefallen«, neckte ihr Mann sie, als Bianca zu ihm ins Auto stieg. »Wird ja immer später bei dir.«

Im ersten Augenblick war Bianca darüber verärgert, aber als sie in das lachende Gesicht ihres Mannes blickte, fühlte sie sich plötzlich auf wundersame Weise geborgen. Sie wischte sich verstohlen eine Träne aus den Augenwinkeln und sagte: »Ach, das war heute ein Scheißtag, lass uns lieber schnell nach Hause fahren.«

Am nächsten Morgen, Bianca war mitsamt ihren Schulungsunterlagen in Dirk Römers Abteilung gegangen, um sie einzusortieren, war Florian Richter auf dem Weg zu Norbert Windisch. Er hatte schon fast die Gewissheit, dass dessen Untergebene auf seine Anweisung hin handelten, um Bianca so weich zu kochen, dass sie von selbst das Handtuch warf.

Windisch empfing ihn bereits an der Tür. »Was gibt es denn so Wichtiges, dass du mich bereits am frühen Morgen anrufst?«

»Euer unsägliches Verhalten Bianca gegenüber«, sagte Florian Richter, machte die Tür hinter sich zu und zog sich den nächstbesten Stuhl heran.

»Unsägliches Verhalten? Meinst du nicht, dass du es jetzt etwas übertreibst?«

»Keineswegs. Es ist eher untertrieben, Mobbingattacken ist das treffendere Wort. Und das geht schon seit geraumer Zeit so.«

»Jetzt mach mal halblang! Wenn du das meinst, dass ich die Zusammenarbeit mit ihr beendet habe, dann kann ich nur so viel sagen, sie hat, als sie bei uns war, die unmöglichsten Bolzen gerissen und uns jede Menge Mehrarbeit verschafft.«

»Wenn du die Sache mit Island meinst …«

»Nicht nur das. Bianca hat hier im Labor regelmäßig einen wahren Saustall hinterlassen.«

»Wer sagt das?«

»Jonas.«

»Und hast du das auch mal selbst überprüft?«

»Wozu? Meinen Leuten kann ich vertrauen.«

»Genau, weil die alles so drehen, wie sie es brauchen. Bianca hat mir auch einiges erzählt. Ihr sind nämlich auch Fehler aufgefallen, und wenn sie darauf hingewiesen hat, haben deine Leute schnell alles in Ordnung gebracht, bevor du etwas mitbekommen hast. Anders als du glaube ich nicht alles, was man mir erzählt, sondern vergewissere mich selbst. Vielleicht hätte es dir viel Ärger erspart, wenn du Bianca einmal angehört hättest. Außerdem weiß ich aus sicherer Hand, dass wenigstens einer deiner Mitarbeiter Bianca auch gelobt hat. Und vor allem nicht nach den Krümeln gesucht hat, die es zumeist nicht einmal gab. Es gibt also einen Zeugen dafür, dass es diesen sogenannten Saustall gar nicht gegeben hat.«

»Du nimmst dir hier ganz schön viel heraus …«

»Ich bin nicht blöd, wie du zu glauben scheinst. Außerdem lasse ich es nicht länger zu, wie ihr mit meiner besten Kraft umgeht.«

»Also, Florian, jetzt reicht's aber. Du kannst nicht einfach hierherkommen und meine Mitarbeiter beleidigen, wie es dir passt, nur weil du dieser liederlichen Person mehr glaubst als mir.«

»Vor allem kann ich nicht hinnehmen, wie ihr mit meiner Mitarbeiterin umgeht. Bianca als liederliche Person zu bezeichnen ist doch der Gipfel der Frechheit. Ich bin jedenfalls froh, dass ich jemanden mit dieser Übersicht und einem so ausgeprägten Organisationstalent in meiner Abteilung habe.«

»Das sagt doch wohl alles.«

»Was bitte?«

»Wie es bei euch um die Ordnung steht.«

»Fühlst du dich in die Enge getrieben, weil du so austeilst? Was Claudia Schmücker gestern Morgen mit Bianca veranstaltet hat, war auch nicht gerade die feine englische Art.«

»Was soll denn da schon wieder gewesen sein?«

»Claudia hat Bianca vorgeworfen, Unordnung in euer Ablagesystem gebracht zu haben. Wie ich aus zuverlässiger Quelle weiß, waren deine Leute aber einfach nur zu dusslig, ein bestimmtes Dokument wiederzufinden.«

»Wer hat … äh, davon weiß ich nichts. So, ich hab auch keine Zeit mehr, ich muss die Morgenbesprechung vorbereiten. Wenn du jetzt bitte gehen würdest?«

»Nichts lieber als das. Meine kostbare Arbeitszeit mit dir zu verschwenden hat, ehrlich gesagt, überhaupt keinen Sinn mehr. Aber glaub nicht, dass du dir alles erlauben kannst und ich mich nicht zu wehren weiß. Außerdem gibt es auch für unsere morgendliche Besprechung so einiges vorzubereiten.«

Nach diesem Quasi-Rauswurf, den Florian Richter, wie er fand, mit Bravour pariert hatte, ging er schnell in seine Abteilung zurück, um nicht zu spät zum Meeting zu kommen. Gleich danach würde er sich mit Dr. Bärtig in Verbindung setzen.

Dr. Bärtig nahm bereits zum dritten Mal in dieser Woche an der Besprechung bei PVA teil, und man hätte durchaus den Eindruck bekommen können, er habe sonst keine Arbeit.

»Bruno, kommst du bitte noch mal mit in mein Büro?«, bat Norbert anschließend. »Ich muss da was mit dir besprechen.«

»Und zwar?«, fragte Bruno Bärtig, während er sich setzte.

»Florian Richter war vorhin bei mir.«

»So? Mich hat er auch angerufen und um einen Gesprächstermin gebeten. Was will er denn?«

»Ich fürchte, jemand hat gequatscht. Er weiß, dass da irgendwas läuft.«

»Wurde er konkret?«

»Teilweise, aber es ist wohl mehr so eine Ahnung, dass wir diese Abteilung verschonen wollen.«

»So weit, so gut. Dass ich euch den Rücken freihalte, kann er wirklich nicht wissen.«

»Definitiv nicht.«

»Okay«, sagte Bärtig, »dennoch würde ich euch empfehlen, es erst mal etwas langsamer anzugehen. Im Moment ist ein bisschen Luft. Von den drei geforderten Ausscheidern haben wir einen in der Abteilung PVI schon im Sack, und bei einem zweiten stehen die Verhandlungen ganz gut. Die Oberen geben dann erst mal Ruhe. Haltet euch zurück, bis die kleine fette Müller aus dem Urlaub kommt, und dann volle Kanne drauf. Dann knickt sie ein.«

»Machen wir, du kannst dich auf uns verlassen.«

Kaum hatte Dr. Bärtig die Abteilung verlassen, ging Norbert Windisch ins Nebenzimmer zu Jonas Mertens und berichtete ihm, was ihm sein Spezi anvertraut hatte.

»Ihr dürft mir um Gottes willen nicht so plump vorgehen. Wir wären beinah aufgeflogen. Der Richter war bei mir und wollte mir den Kopf waschen. Zum Glück hatte er das Shampoo vergessen.«

Die beiden Männer lachten über den reichlich lahmen Witz, aber Daniela, die dazugekommen war, bemerkte schnell, worum es ging, verdrehte die Augen und entfernte sich diskret, bevor jemand auf die Idee kam, dass sie es gewesen sein könnte, die sich verplappert hatte.

»Haltet euch die nächste Zeit zurück und bereitet die kommenden Attacken besser vor. Im Herbst wird es ernst. Wir müssen um jeden Preis verhindern, dass diese Idioten da oben unsere Abteilung auseinandernehmen. Wir sind ein eingespieltes Team, und so soll es auch bleiben.«

Daniela Kolb, die unter den Kollegen die Einzige war, die dieses fiese Spiel nicht gern mitspielte, blieb auf der Hut.

Irgendwie tat ihr Bianca leid, aber andererseits konnte sie sich doch nicht gegen die Kollegen stellen, denn sonst, fürchtete sie, stand sie selbst auf der Abschussliste. Aber gegen Bianca zu intrigieren, das hatte für sie ab heute ein Ende, das sollten die schön alleine durchziehen. Lieber würde sie sich dann krank melden, wenn die anderen in die Offensive gehen wollten. Als Alleinverdienerin mit drei Kindern brauchte sie ihre Arbeit dringend. Sie konnte sich keine Risiken erlauben.

Doktor Bärtig war noch nicht lange in sein Büro zurückgekehrt, da stand Florian Richter bei ihm auf der Matte.

»Herr Richter, was gibt's denn?«

»Mir sind da einige schlimme Dinge zu Ohren gekommen, wie man in der Abteilung PVA mit meiner Mitarbeiterin Bianca Müller umspringt.«

»Ach was?«

»Man mobbt sie geradezu«, begann Florian Richter und zählte alle die Dinge auf, über die sie mit Daniela Kolb gesprochen hatten. »Es muss noch weitere Vorfälle geben, die …«

»Moment mal«, unterbrach ihn Dr. Bärtig. »Das habe ich aber ganz anders gehört. Bianca Müller soll sich selbst bei einfachsten Aufgaben total unfähig und ungeschickt angestellt haben und zudem häufig nicht da sein, denn …«

Nun war es an Florian erneut aufzufahren und seinen Vorgesetzten kurzerhand zu unterbrechen: »Was heißt häufig nicht da? Haben Sie das vielleicht mit dem Kollegen Roland Wegner verwechselt? Er treibt mich mit seinen ständigen Abwesenheiten noch zur Weißglut, und ich bin im Moment daran, dagegen vorzugehen und das abzustellen. Darüber wollte ich auch mit Ihnen reden, dass ich ihm eine Abmahnung zukommen lassen werde.«

»Tun Sie, was Sie denken, ich werde Ihnen dabei nicht im Wege stehen. Aber Sie haben mich unterbrochen, denn mein Thema heißt im Moment Bianca Müller und erst in zweiter Linie Roland Wegner.«

»Aber jetzt hören Sie mir bitte mal zu«, sagte Florian unbeirrt. »Bianca macht ständig Überstunden, ist nur selten länger krank, und Urlaub braucht schließlich jeder. Da kann man doch unmöglich davon reden, dass sie häufig fehlt.«

»War sie nicht letztens erst fünf Wochen lang krank? Und davor, wenn ich mich recht entsinne, sogar sieben Wochen.«

»Letztens ist gut. Das mit den fünf Wochen ist jetzt

ziemlich genau ein Jahr her, und die sieben Wochen sogar drei Jahre.«

»So lange?«, entfuhr es Bärtig ungewollt.

»Allerdings, vielleicht sollten Sie einmal überprüfen, ob das alles so stimmt, was man Ihnen präsentiert!«

»Für solch einen Unfug habe ich überhaupt keine Zeit, außerdem muss ich jetzt weg.«

Florian hatte verstanden – für seinen Vorgesetzten war das Gespräch damit beendet.

»Ich habe mit Windisch und auch mit Dr. Bärtig gesprochen und hoffe inständig, dass es jetzt besser wird«, sagte Florian zu Bianca etwas später in ihrem Büro.

»Schön wär's. Aber irgendwie kann ich das einfach nicht glauben. Die werden sich so schnell nicht geschlagen geben.«

Da wirst du leider recht haben, dachte Florian Richter, behielt das aber lieber für sich.

Dennoch mussten beide einige Tage später feststellen, dass die gesamte Abteilung PVA geradezu verdächtig freundlich zu Bianca war. Florian Richter gefiel das gar nicht, aber Bianca gab sich in der Vorfreude auf ihren bevorstehenden Urlaub der trügerischen Hoffnung hin, Richters Andeutung, er würde sich nötigenfalls an höhere Stellen wenden, möge Früchte getragen haben.

Tatsächlich blieb bis zu ihrem drittletzten Tag vor dem Urlaub alles schön ruhig. Doch dann musste sie noch eine Abfüllung in der verhassten Abteilung machen. Sofort begann die Panik wieder in ihr hochzukriechen.

Mit bleischweren Gliedern und jeder Menge Angst im Gepäck ging sie mitsamt ihren Unterlagen zur Abteilung PVA hinüber. Sie vermutete Schlimmstes, aber wider Erwarten konnte sie in aller Ruhe ihre Abfüllung machen. Jonas zeichnete ihr das Labor zum Arbeiten ab, hinterher auch die Reinigung, und hatte, o Wunder, keinerlei Beanstandungen. Das war ein gelungener Tag, und Bianca beeilte sich, wieder an ihren eigenen Arbeitsplatz zurückzukommen, bevor sich das am Ende doch noch änderte. Außerdem musste sie mit Roland noch einiges für die Vertretung abklären, die er während Biancas Urlaub übernehmen sollte.

Ob das mal gutgeht, dachte sie. Sie hatte es im Gefühl, dass der Typ sich gleich krankmelden würde, wenn ihm die Sache zu dumm wurde. Dafür tat ihr Florian jetzt schon leid.

Zwei Tage später war es dann geschafft. Sie hatte ihren letzten Arbeitstag vorm Urlaub und wollte auch einmal etwas früher gehen. Flink und behände machte sie ihre Arbeit, und ihr fiel es den ganzen Tag über noch leichter als sonst, denn die sich nun doch noch einstellende Vorfreude auf den Urlaub gab ihr zusätzlich Kraft.

Am Montag geht es endlich los, dachte Bianca glücklich, *dann startet unser Flieger in Richtung Süden. Ach, wie ich mich darauf freue, endlich mal auszuspannen.*

Ihr Chef hatte ihr schon am Morgen einen schönen Urlaub gewünscht und sich von ihr verabschiedet, denn er hatte um die Mittagszeit ein Meeting, und es war fraglich, ob sie sich später noch einmal sehen würden.

Einige Stunden später war es endlich soweit, und Bianca packte ihre Siebensachen. Ihr Kollege Roland wünschte ihr noch einen schönen Urlaub und sie ihm, da er direkt im Anschluss verreisen würde. Auf dem Weg zum Werkstor begegnete ihr Beatrix, die mit Dokumenten in die Abteilung zurückkam. Sie wechselten ein paar Worte, und Bianca setzte ihren Weg zum Tor fort.

»Hallo, Bianca, warte mal«, rief eine Stimme hinter ihr, aber Bianca tat so, als hätte sie nichts gehört, und ging weiter dem Drehkreuz entgegen.

Kurz bevor sie durch die Sperre schlüpfen konnte, hatte Daniela Kolb sie eingeholt. »Warte doch mal, ich weiß zwar, dass du Urlaub hast, aber ich müsste mal kurz mit dir reden.«

»Was ist denn?«, fragte Bianca, die absolut keine Lust auf einen Plausch hatte, sondern nur noch nach Hause wollte.

»Ich muss dir was erzählen.«

»Moment mal, keine plumpen Vertraulichkeiten bitte. Als du etwas für mich hättest tun können, nämlich mit zu Dr. Vollmer zu gehen, hast du mich schön im Regen stehen lassen. Komme mir bitte jetzt also nicht so.«

»Du hast durchaus recht. Aber es gibt da etwas, das …«

»Ich unterbreche dich ungern, aber was die Firma betrifft, muss warten, bis ich vom Urlaub zurück bin. Tschüs.« Es kostete sie reichlich Überwindung, noch ein knappes »Schönes Wochenende« hinterherzuschicken.

»Ja, dir auch, und schönen Urlaub, erhole dich gut.«

»Das habe ich auch bitter nötig, um für eure nächsten Attacken gewappnet zu sein.«

Damit ließ Bianca sie stehen und eilte ihrem Mann entgegen.

Daniela blieb mit offenem Mund zurück, denn so kämpferisch kannte sie Bianca nicht. Zudem hatte ihr die Frau allen Wind aus den Segeln genommen und erraten, was Daniela ihr sagen wollte. Damit hätte sie im Traum nicht gerechnet.

»Wer war denn das eben?«, fragte Tobias Müller, als Bianca einstieg und ihm einen Kuss auf die kratzige Wange drückte.

»Daniela Kolb, eine der lästigen Stechmücken von PVA. Und sie hat mir quasi ohne viele Worte eingestanden, dass die Attacken nach dem Urlaub weitergehen werden.«

»Ach du Scheiße«, entfuhr es Tobias, und Bianca sagte: »Nun aber schnell nach Hause. Mir reicht's damit, und außerdem habe ich jetzt endlich Urlaub.«

»Deshalb habe ich uns auch für heute Abend einen Tisch beim Griechen reserviert. Da können wir uns im Biergarten schon mal auf den Süden einstimmen.«

»… und Bier trinken«, setzte Bianca schmunzelnd nach.

Die Zeiger seiner Armbanduhr gingen schon stark der Achtzehn-Uhr-Marke entgegen, da saß Florian Richter noch immer in seinem Büro und grübelte. Bianca hatte ihn von zu Hause aus angerufen und auf den Anrufbeantworter gesprochen, was Daniela ihr im Vorbeigehen erzählen wollte. Leider war nun damit zu rechnen, dass die Attacken gegen seine Mitarbeiterin nicht aufhören würden.

Dieser Idiot Bärtig hatte doch bestimmt die Order für die Atempause in den letzten Wochen gegeben, dachte Florian, ohne zu ahnen, wie nahe er damit der Wahrheit gekommen war. Das Schlimme war, grübelte er weiter, dass er das alles nicht beweisen konnte. Aber jetzt musste er endlich nach Hause. Er hatte heute gar nicht geplant, so lange am Arbeitsplatz zu bleiben. Nichts wie weg von hier.

Im Auto überlegte er, ob er sich im Ernstfall gleich an Dr. Vollmer wenden sollte - Bärtigs Vorgesetzten –, aber dann würde er seinem eigenen direkten Vorgesetzten in den Rücken fallen. Eine Zwickmühle, denn einerseits wollte Florian seiner Mitarbeiterin helfen, aber wenn er nichts beweisen konnte, würde der Schuss gewaltig nach hinten losgehen. Wie schnell wäre dann von illoyalem Verhalten die Rede und am Ende seine eigene Karriere in Gefahr.

Wie auch immer, hier und heute würde er ohnehin zu keinem Ergebnis kommen. Außerdem war Wochenende, und seine Familie wartete. Er würde sich das Ganze zu Hause in einer ruhigen Minute noch einmal durch den Kopf gehen lassen und dann entscheiden, was zu tun war.

Außerdem würde er seiner klugen Gattin den Fall in groben Zügen schildern. Schließlich hatte sie Psychologie studiert und wusste selbst in den auswegslosesten Situationen immer Rat.

Zufrieden über diese Idee trat er das Gaspedal durch und war schon bald zu Hause in Lippoldshausen, wo ihn seine neunjährige Tochter Olivia schon sehnsüchtig erwartete.

9.

Nach einer Woche auf Mallorca war Bianca noch immer nicht richtig im Urlaub angekommen. Immerzu geisterte ihr die Arbeit und ganz speziell die verhasste PVA-Gruppe durch den Kopf. Aber auch Dr. Bärtigs sonderbares Ansinnen, ihr unbedingt einen Aufhebungsvertrag unterschieben zu wollen, ließ sie nicht los.

Ihr Mann Tobias war zwar im Großen und Ganzen die Ruhe selbst, aber manchmal wurde es sogar ihm zu viel. Als sie mit ihrem Mietwagen einen Ausflug durchs Tramuntana-Gebirge machten und die Stichstraße hinunter nach Port de Valldemossa suchten, begann Bianca plötzlich von ihrer Freundin Elke zu erzählen, die bei der Schließung der Außenstelle in Frankenberg ebenfalls einen Aufhebungsvertrag angeboten bekommen hatte. Das Ergebnis war, dass sie Tobias, der auf der kurvigen Straße genug damit zu tun hatte den Wagen zu steuern, erst mit einigen Kilometern Verspätung auf die Abzweigung aufmerksam machte.

»Schatz, wir haben Urlaub, die Firma und alles, was dazugehört, kann warten, bis wir wieder zu Hause sind«, sagte er.

Er bemühte sich, es sich nicht anmerken zu lassen, aber er war nicht sehr begeistert davon, dass seine Frau mehr an die Arbeit dachte als an die schöne Landschaft, die sie durchfuhren.

An Erholung war eigentlich nicht zu denken, denn

immer wieder brachte sie die Firma in Erinnerung. Egal ob am Strand, wo plötzlich, mitten im Gespräch über die bevorstehende Renovierung ihrer Wohnung, ihre Arbeit bei Dirk Römer zum Thema wurde, oder im Café an der Promenade, als plötzlich Jonas Mertens von PVA die Unterhaltung bestimmte. Immer wieder drängte sich die unklare Situation um den Erhalt ihres Arbeitsplatzes in den Vordergrund.

Aber nicht nur das. Eines Abends gingen die beiden auf der Strandpromenade von Cala Millor spazieren, da begann Bianca plötzlich loszuheulen. »Verdammt noch mal, ich weiß nicht, wie das alles noch werden soll.«

Ihr Mann nahm sie behutsam in den Arm und sagte: »Mein Liebling, du bist doch eine starke Frau. Du hast bis jetzt alle Schwierigkeiten im Leben mit Bravour gemeistert, und das waren nicht gerade wenige. Lass das doch alles erst mal auf dich zukommen, und du wirst sehen, dass es sich wie von selbst klärt.«

»Du hast gut reden! Dein Arbeitsplatz ist es nicht, der auf der Kippe steht!«, fuhr Bianca ihren Mann an, um dann aber viel ruhiger hinzuzufügen: »Entschuldigung. Und danke. Es tut gut dich an meiner Seite zu wissen, wer weiß, was sonst wäre.«

»Gemeinsam schaffen wir es, egal was kommt«, munterte Tobias seine Frau auf und küsste Bianca mitten auf der Promenade so leidenschaftlich, dass manche Touristen stehen blieben, den Kopf schüttelten und eine ältere Dame sie mit einem entrüsteten Kauderwelsch beschimpfte.

Das brachte Bianca und Tobias so sehr zum Lachen,

dass die trüben Gedanken an diesem Abend keinen Platz mehr fanden, und sie gingen Hand in Hand zu ihrer Lieblingscocktailbar.

Einige Tage später, sie waren gerade zu Bett gegangen, schreckte Bianca aus dem ersten Schlummer hoch und rief: »Dirk, Florian, das dürft ihr doch nicht machen.«

Tobias, der noch nicht schlief, fuhr ebenfalls wie von einer Tarantel gestochen in die Höhe und sagte: »Bianca, was ist los? Hast du schlecht geträumt?«

Die Angesprochene brauchte einige Sekunden sich zurechtzufinden, dann sagte sie: »Du, Tobias, Schatz, ich hatte vielleicht einen turbulenten Traum.«

»Das habe ich gehört. Was sollten Florian und Dirk nicht tun?«

»... sich mit Dr. Bärtig und Norbert Windisch prügeln. Und Dr. Vollmer feuert die beiden auch noch an.«

»Du lieber Gott. Wie kann man so einen Mist träumen?«

»Das werde ich dich beim nächsten Mal auch fragen.«

»Bravo ... so gefällst du mir wieder besser. Aber jetzt sollten wir schlafen, morgen steht unser Ausflug nach Menorca an.«

»An mir soll's nicht liegen«, sagte Bianca grinsend und schlief dann schnell wieder ein. Aber Tobias blieb noch lange wach liegen, lediglich sein Arm, den er um Biancas Schultern gelegt hatte, war gleich eingeschlafen.

Inzwischen saß Florian Richter in der Firma wie auf glühenden Kohlen. Die Arbeit stapelte sich, und Roland

Wegner, der eigentlich teilweise Bianca vertreten sollte, kam schon mit seiner eigenen Arbeit nicht zurande.

So kam es dazu, dass Florian selbst die eine oder andere Tätigkeit übernehmen musste und nicht weiter dazu kam, an Dr. Bärtig oder die Intrigen Norbert Windischs zu denken. Zudem blieb, da Bianca nicht da war, alles ruhig. Erst wenn er nach einem langen Tag Feierabend machte und nach Hause fuhr, dachte er gelegentlich: *Wenn Bianca wirklich gehen muss, wer soll dann die ganze Arbeit machen?* Das funktionierte doch überhaupt nicht. Er merkte doch gerade jetzt wieder, was er an ihr hatte. Und vor allem blieb sie immer freundlich. Eine patzige Antwort, wie Roland sie ihm fast täglich gab, hatte Florian von ihr noch nie bekommen.

So fuhr er auch an jenem Freitagabend völlig geschafft und so spät nach Hause, dass er bereits von seiner Frau an der Tür empfangen wurde.

»Na, bei dir wird's auch immer später. Unser Kind bekommt seinen Vater unter der Woche kaum noch zu sehen. Meinst du nicht, du übertreibst es langsam?«

»Entschuldige bitte. Aber Bianca ist im Urlaub und Roland eine Schnecke. Da musste ich …«

»Bianca, Bianca, immer wieder diese Bianca«, rief Simone Richter zornig. »Hast du was mit ihr? Kommst du deshalb so spät?«

»So ein Quatsch. Bianca ist zurzeit mit ihrem Mann auf Mallorca. Sie ist lediglich meine beste Kraft.«

»Wie ist sie denn so? Jünger, hübscher?«

»Weder noch, Simone. Jetzt rede doch nicht solchen Unfug. Sie ist etwa zehn Jahre älter als du, geht mir kaum bis an die Schulter und ist, ohne sie beleidigen zu wollen, recht kräftig gebaut. Du siehst, sie ist keine Konkurrenz für dich, aber eben eine Top-Angestellte. Aber seit sie gesundheitlich angeschlagen ist, ist sie meinem Chef ein Dorn im Auge. Ich sage dir, da laufen Dinge, die glaubst du nicht.«

Das machte Simone Richter, eine große und schlanke Frau, die ihre mittelblonden Haare schulterlang trug, nun doch hellhörig. Erst recht, als Florian meinte, er bräuchte in der Angelegenheit ihren Rat, er käme allein einfach nicht mehr voran.

»Das wundert mich jetzt aber doch, Schatz«, sagte sie.

»Du wirst staunen. Ich hole uns jetzt was zu trinken und erzähle dir davon.«

Florian breitete alles vor seiner Frau aus, und je mehr Simone Richter erfuhr, umso mehr verstand sie, warum ihr Mann sich Sorgen machte.

Als er fertig war, fragte sie: »Bist du dir wirklich sicher, dass da eine groß angelegte Intrige läuft?«

»Ich fürchte es, kann es aber nicht beweisen.«

»Dann musst du über kurz oder lang mit dem obersten Boss, wie hieß er noch gleich ...«

»Doktor Oliver Vollmer.«

»... also mit ihm reden. Wenn deine Untergebene aus dem Urlaub zurück ist, beobachtest du die Situation ein paar Tage lang ganz genau, und sobald du die ersten Anzeichen dafür entdeckst, dass es im alten Stil weitergeht, berichtest du es ihm.«

»Es wird so weitergehen, ich weiß es ganz genau. Bianca hat an ihrem letzten Arbeitstag vor dem Urlaub früher Schluss gemacht, und am Eingangstor hat sie eine Frau aus dieser Gruppe angesprochen und ihr das zu verstehen gegeben. Bianca hat mich danach angerufen und mir das auf den Anrufbeantworter gesprochen.«

»Die Arme«, sagte Simone Richter inzwischen mitfühlend. »Mobbing ist das Schlimmste, was einem passieren kann. Ich hatte während meiner Ausbildung eine Kollegin, der es auch so erging.« Wie das damals ausgegangen war, behielt sie aber lieber für sich.

Zwei Wochen später, an Biancas erstem Arbeitstag nach dem Urlaub, saß Florian Richter schon früh im Büro und überlegte, wie er, da seine Abteilung nun endlich mal wieder vollzählig war, die Arbeit verteilen würde.

Mitten in seine Überlegungen hinein platzte das Läuten des Telefons.

»Morgen, Florian«, klang ihm die Stimme seiner schon schmerzlich vermissten Mitarbeiterin entgegen.

Bereits am Tonfall erkannte er, dass etwas nicht in Ordnung war, und fragte misstrauisch: »Was ist passiert?«

»Ich muss mich leider krankmelden. Mit meinem Fuß stimmt etwas nicht. Ich gehe oder, besser gesagt, ich humpele nachher gleich zu meiner Hausärztin, und wenn ich mehr weiß, dann melde ich mich bei dir.«

»Was meinst du denn, wie lange du ausfällst?«

»Kann ich dir überhaupt nicht sagen. Ich hoffe nur, dass es keine erneute Entzündung ist, denn das kann länger dauern. Das ist mir äh … wirklich unangenehm, ist ja genau wie letztes Jahr.« Florian erinnerte sich, dass

Bianca sich auch damals direkt nach dem Urlaub krankgemeldet hatte.

»Das braucht es dir nicht zu sein, Krankheiten sucht man sich ja nicht aus. Die kommen, wenn es ihnen passt.«

»Danke für dein Verständnis. Ich melde mich, sobald ich mehr weiß.«

Gleich im Anschluss rief Florian Dirk Römer an, von dem er wusste, dass er ebenfalls ganz dringend auf Biancas Rückkehr wartete, und bat ihn vorbeizukommen.

Als Dirk Römer Florians Büro betrat, fragte er sofort: »Ist Bianca denn nicht heute aus dem Urlaub zurück? Ich war gerade unten bei ihr und habe den Packen Unterlagen auf ihren Schreibtisch gelegt, aber das ganze Büro ist verwaist.«

»War Roland auch nicht da?«

»Er ist mir eben auf der Treppe begegnet, und seinem schweren Rucksack nach zu urteilen, hat er gerade Feierabend gemacht.«

»Verdammt noch mal, nicht schon wieder. Er sollte mir doch noch … ach, lassen wir das. Und ja, Bianca ist nicht da – krank. Sie hat mich heute Morgen angerufen, sie hat Schwierigkeiten mit ihrem Bein und ist nur am Humpeln.«

»Ach, die Arme, ist es schlimm?«

»Ich weiß es noch nicht. Sie wollte sich melden, wenn sie vom Arzt zurück ist.«

In dem Augenblick läutete das Telefon, und Florian hob ab.

»Ah, Bianca, was hat die Ärztin denn gesagt?«

Er hörte eine Weile zu und seine Miene verfinsterte sich zunehmend. Auch Dirk Römer machte bei den Fragen, die Florian Richter seiner Mitarbeiterin stellte, ein besorgtes Gesicht.

»Gleich zwei Wochen? … Und deine Ärztin meint, es könnte auch länger dauern? … Ist es so schlimm?«

Nachdem er noch eine Weile zugehört hatte, sagte Florian: »Na, da kann man nichts machen. Ich wünsche dir gute Besserung, und lass es ordentlich ausheilen. Wenn du zu früh zur Arbeit gehst und kurz darauf noch mal ausfällst, ist das für Bärtig erst recht ein gefundenes Fressen …«

Dann hörte Florian wieder zu, und seine Miene verzog sich zu einem Grinsen.

»… denn du tust dir damit keinen Gefallen. Übrigens soll ich dir auch gute Besserung von Dirk wünschen. Er sitzt mir gerade gegenüber und knabbert an meinem Kuli rum. Tschüs, und melde dich, wenn es was Neues gibt.«

Dann legte Florian auf.

»Das ist wirklich nicht gut«, sagte er zu Dirk Römer. »Es steht noch nicht fest, aber es könnte sein, dass Bianca lange ausfällt. Sie ist schon froh, dass die Ärztin sie nicht gleich ins Krankenhaus überwiesen hat, sondern meinte, das schaffen wir auch zu Hause. Ich soll dich schön grüßen.«

»Danke, das ist lieb, nur hab ich davon nicht viel. Darf ich dich fragen, warum du so grinsen musstest?«

»Natürlich. Als ich meinte, das sei für Bärtig ein gefundenes Fressen, meinte sie nur: Solange er sich daran nicht verschluckt …«

»Zumindest ihren Humor hat sie nicht verloren«, meinte Dirk Römer schmunzelnd.

»Ja, aber hier fehlt sie trotzdem an allen Enden.«

»Nicht nur bei dir, auch in meiner Abteilung bin ich im Grunde zwingend auf sie angewiesen. Mit ihr habe ich mich endlich an die Aufarbeitung des Archivs gewagt. Wenn sie länger ausfällt, weiß ich gar nicht, wie ich das allein bewältigen soll.«

»Sei froh, dass du nicht mit Roland arbeiten musst. Der ist oft langsamer als eine Schnecke.«

»Du untertreibst«, grinste Dirk. »Die ist selbst im Rückwärtsgang schneller.«

Dr. Bärtig sah schon vom Flur aus, wie Dirk Römer Florian Richters Büro betrat. Eigentlich wollte er, dass Florian ihm ein Dokument unterschrieb, aber dieser Umstand ließ ihn sofort umdisponieren. Da die Bürotüren in dem Gebäude in Kopfhöhe Glaseinsätze hatten, konnte man, wenn man direkt davorstand, mit etwas Konzentration mithören, was drinnen gesprochen wurde.

Um nicht aufzufallen, ging er in die Hocke, als wolle er sich gerade einen Schuh binden.

So bekam er mit, dass Bianca einige Zeit ausfallen würde.

Prima, dachte er. Das würde er gut verpackt Dr. Vollmer verkaufen. Der würde dann endlich einsehen, dass die Frau untragbar war.

Danach wäre er vor Ärger beinahe hochgeschnellt, als er hörte, wie Richter ihn einfach Bärtig nannte. Nicht einmal Herr, geschweige denn Doktor.

Respektloser Lümmel, dachte er grimmig, lauschte dann aber konzentriert weiter.

Als Dirk Römer meinte, dass er die Arbeit ohne Bianca kaum bewältigen könne, glitt ein Lächeln über sein Gesicht. Ihm war schnell klar, dass sich diese Aussage, in die richtige Richtung verdreht, ebenfalls gut gegen Bianca einsetzen ließ.

Als Dirk Römer ein paar Momente später herauskam, war er vom Anblick des auf dem Boden kauernden Dr. Bärtig so überrascht, dass er fast über ihn gefallen wäre. In letzter Sekunde konnte er sich an der Wand abfangen.

»Meine Güte«, sagte Dirk Römer. »Müssen Sie sich gerade hier vor der Tür den Schuh binden?«

»Ich ...«, stammelte Bruno Bärtig seinerseits überrascht.

»Ach, ich verstehe«, sagte Dirk Römer, sah dem Mann fest in die Augen, der sich ertappt fühlte und auf den Boden starrte. Dann ging er rasch weiter.

Wenig später, zurück in seinem Büro, stand Bruno Bärtigs Plan, wie er Dr. Vollmer überzeugen würde, bereits so gut wie fest. Er wollte noch zwei, drei Tage warten, dann würde er seinem Vorgesetzten eine Geschichte auftischen, die sich gewaschen hatte.

Einige Tage später ergab sich eine günstige Gelegenheit, als Dr. Vollmer nach einer abgesagten Konferenz etwas

Zeit hatte. Dr. Bärtig meldete sich an, um mit ihm über den geforderten Stellenabbau zu sprechen, und bekam unerwartet gleich einen Termin.

»Guten Morgen«, sagte Vollmer, als Bärtig sein Büro betrat. »Ich habe gesehen, wir sind auf einem guten Zwischenstand. Die beiden Aufhebungsverträge, die wir mit den Leuten aus der Abteilung PVI geschlossen haben, sind keine Härtefälle und werden von den ausscheidenden Mitarbeitern recht positiv aufgenommen. Es ist in meinen Augen zwar ein großer Fehler, gerade die altgedienten Kräfte mit ihrer jahrzehntelangen Berufser…«

»Herr Dr. Vollmer, wenn ich Sie da unterbrechen dürfte und auf das Problem hinweisen, dass wir noch eine weitere Stelle abbauen müssen.«

»Das ist mir bekannt, aber Gegenfrage: Warum sind in den letzten Wochen, als ich zur Kur war, alle Zeitverträge verlängert worden? Hätte man hier nicht, gut sozial abgefedert, versteht sich, einen dieser jungen Männer oder Frauen freisetzen können? Sie haben allesamt eine gute Ausbildung und wären dank ihres jugendlichen Alters schnell bei anderen Unternehmen untergekommen.«

»Wir haben aber auch noch andere Problemfälle, und über den einen möchte ich mit Ihnen reden.«

»Wie darf ich das verstehen?«

»Mit Problemfällen meine ich Leute, die aufgrund ihrer gesundheitlichen Vorschädigung kaum noch in der Lage sind, ihre Arbeit ordnungsgemäß zu verrichten. Präzise ausgedrückt, die Person, die ich meine, macht Fehler am laufenden Band. Ob das allerdings nur von ihrer Erkrankung herrührt …«

»Wen meinen Sie denn?«

»Frau Bianca Müller.«

»Bianca Müller aus Florian Richters Gruppe?«

»Genau die. Wie Sie ja sicher wissen, hat sie Probleme mit ihrem Bein und Knie, außerdem ist sie schon wieder krank …«

»Ach, daher weht der Wind«, sagte Oliver Vollmer und zog die Augenbrauen hoch. »Ich bin informiert, Florian Richter hat mir Bescheid gesagt. Aber finden Sie das eigentlich in Ordnung, gegen jemand schlecht Wetter zu machen, der nicht mal die Chance bekommt sich zu wehren? Außerdem war Frau Müller auch einige Zeit bei Norbert Windisch in der Abteilung und hat, da man dort keine Arbeit für sie fand, bei Dirk Römer angefangen. Von Fehlern ist mir nichts bekannt, Florian Richter lobt sie in den höchsten Tönen. Als wir vor gut vier Wochen die Inspektoren da hatten und das nur einen Tag zuvor angekündigt wurde, hat Frau Müller unaufgefordert das Aufbewahrungslager auf Vordermann gebracht. Und sie hat dabei noch einen Fehler entdeckt, der ihrem Kollegen Wegner nicht aufgefallen ist, obwohl genau das seine Aufgabe gewesen wäre. So konnte Florian Richter die Sache in aller Ruhe in Ordnung bringen. Und dagegen wollen Sie vorgehen? Meinen Sie nicht, dass Sie es langsam übertreiben?«

»Gewiss nicht. Ich sehe schon, Herr Dr. Vollmer, Sie sind nur unvollständig informiert. Frau Müller ist in diesem Jahr schon zum zweiten Mal erkrankt, und es sieht so aus, dass es länger dauert als bei ihrer Bronchitis im Februar. Dirk Römer sagte erst kürzlich, dass er hoffe, sie werde, wenn sie erst wieder da sei, nicht noch unbeweglicher, damit er irgendwann endlich einmal mit der Arbeit beikomme. Außerdem hat sie Norbert Windischs Gruppe nicht verlassen, weil es keine Arbeit mehr für sie gab, sondern weil sie wegen ihrer zahlreichen Fehler dort mehr Verwirrung gestiftet als genutzt hat.«

»Das ist mir neu. Außerdem kenne ich diese Gruppe auch ganz genau, und ich weiß, dass sie nicht einfach ist.«

»Wie meinen Sie das?«, rief Dr. Bärtig konsterniert aus. Er hatte gedacht, er renne bei Vollmer offene Türen ein.

»Sie brauchen nicht zu denken, dass ich Ihnen Namen nenne, denn so leichtfertig wie Sie gehe ich damit nicht um. Ich finde es von Ihnen unerhört, Frau Bianca Müller so ins offene Messer laufen zu lassen.«

»Dann reden Sie doch mit Norbert Windisch.«

»Sind Sie sicher, da nichts missverstanden zu haben?«

»Nein, ganz bestimmt nicht. Ohne Ihnen zu nahe treten zu wollen, muss ich sagen, dass diese Person kaum noch tragbar ist.«

»Wenn ich Sie so reden höre …«

»Bitte, was?«

»Herr Dr. Bärtig, auch wenn sich das alles nicht so positiv anhört, möchte ich mir doch erst einmal selbst ein Bild machen. Außerdem widerstrebt es mir, Mitarbeiter dann, wenn sie einmal eine schwächere Phase durchleben, gleich auf die Straße zu setzen. Vielleicht darf ich Sie bei der Gelegenheit daran erinnern, dass auch Sie schon mal wegen Ihrer Hüfte ein halbes Jahr lang krank waren. Wie hätte es Ihnen denn gefallen, wenn etwas in dieser Richtung gegen Sie gelaufen wäre? Vielleicht sollten Sie darüber auch mal nachdenken. Außerdem ist es in der Regel doch so, dass wir das in Jahrzehnten angehäufte Know-how gar nicht so ohne Weiteres ersetzen können.«

»Das ist schon richtig, aber …«

»Mein lieber Dr. Bärtig. Ich mache Ihnen einen Vorschlag zur Güte. Warten wir erst mal ab, bis Frau Müller wieder an ihrem Arbeitsplatz ist und wie sie sich nach ihrer Erkrankung einfügt. Ich werde, wenn ich von meiner Geschäftsreise zurück bin, mit Norbert Windisch sprechen. Danach ist Dirk Römer im Urlaub, und wenn er zurück ist, rede ich mit ihm, wie Bianca Müller sich gemacht hat. Sollte sie in den Wochen nach ihrer Rückkehr einen weiteren schweren Fehler machen oder kaum in der Lage sein zu arbeiten, können wir immer noch über eine Freisetzung nachdenken, obwohl ich … ach. Lassen wir das im Moment. War sonst noch etwas?«

»Nein, ich gehe dann wieder an meine Arbeit.«

»Das ist das erste vernünftige Wort, das ich seit Langem von Ihnen höre.«

Nachdem sein Untergebener aus dem Büro verschwunden war, kaute Dr. Oliver Vollmer auf seinem Bleistift herum und dachte lange nach.

Warum wollte der Bärtig eigentlich um jeden Preis Frau Müller loswerden? Was hatte der Mann vor? War es wirklich nur die Sorge um den Betrieb, oder steckte da vielleicht etwas anderes dahinter? Und vor allem: Stand es wirklich so schlecht um Bianca Müller, wie Bärtig behauptete? Er musste unbedingt mit Florian Richter und den anderen Beteiligten darüber reden – schnellstmöglich.

Kaum zurück am eigenen Schreibtisch, rief Dr. Bärtig Norbert Windisch an. »Ich denke, so langsam habe ich Dr. Vollmer auf unserer Seite. Nun können wir zum finalen Stoß ausholen.«

»Wie meinst du das?«

»Dr. Vollmer will nur noch abwarten, bis Bianca wieder da ist. Schließlich ist sie schon wieder krank. Wenn ihr dann ein kapitaler Fehler unterläuft, haben wir es geschafft.«

»Ja, wenn …«

»Norbert, so was kann man doch arrangieren, das habt ihr in der Vergangenheit schon bewiesen. Also seid nicht faul, lasst euch was Gutes einfallen. Ihr wisst, was auf dem Spiel steht.«

»Du hast recht, Bruno, wir müssen jetzt handeln«, stimmte Norbert Windisch seinem Vorgesetzten und Freund zu.

Norbert Windisch war es gar nicht so wohl in seiner Haut, er hatte ein ungutes Gefühl. Bruno Bärtig indessen lehnte sich selbstgerecht in seinem Sessel zurück, legte die Füße auf den Schreibtisch und dachte an seine Unterredung mit Vollmer. *Du Wicht, von dir lasse ich mir meine Abteilung, die ich mit eigenen Händen geformt habe, nicht auseinanderreißen. Da musst du schon früher aufstehen, wenn du es mit einem Bruno Bärtig aufnehmen willst.*

10.

Bianca war nach mehreren Wochen Auszeit gerade zwei Tage in der Abteilung zurück, da wurde sie bereits wieder hart von den Kollegen von PVA angegangen. Kurz nach zehn Uhr, die tägliche Besprechung war gerade vorüber und ihr Kollege Roland seit drei Tagen krank, klingelte das Telefon auf Florians Schreibtisch.

»Richter«, meldete er sich und musste verwundert feststellen, dass Norbert Windisch sofort und ohne zu grüßen zur Sache kam.

»Deine angeblich doch so gute Mitarbeiterin Bianca hat mal wieder einen riesigen Bock geschossen. Leider ist das Ganze diesmal schon eine Weile her, sodass wir kaum noch etwas daran ausbügeln können. Wir müssen es nach oben weitermelden, damit es nicht auf uns zurückfällt.«

»Um was geht es denn?«

»Das möchte ich euch lieber direkt sagen. Seid doch bitte so gut, und kommt alle beide um halb eins rüber zu uns. Wäre das möglich?«

Florian Richter überlegte kurz, dann sagte er: »Eigentlich habe ich um eins einen wichtigen Termin. Aber wenn du hier ein solches Fass aufmachst, werde ich meinen Termin verschieben. Wir sind um halb eins da.«

Als er aufgelegt hatte, überlegte er kurz, ob er Bianca gleich Bescheid sagen sollte, entschied sich dann aber dafür, sie erst mal in Ruhe arbeiten und ihre Mittagspause machen zu lassen. Wenn er sie um Viertel nach zwölf in

Panik versetzte, wäre das früh genug. Stattdessen rief er Dr. Vollmer an, um ihm Bescheid zu sagen. Leider war der nicht in seinem Büro, und Florian sprach ihm auf den Anrufbeantworter.

Bianca fiel vor Schreck das Brot aus der Hand, als Florian Richter bei ihr erschien und erklärte, dass sie zusammen in die Abteilung PVA gerufen worden seien. Böses ahnend, stammelte sie: »Was … was ist denn geschehen?«

»Ich weiß es nicht, Norbert wollte nicht so recht raus mit der Sprache, aber es muss …«

»Ich bin doch erst seit zwei Tagen wieder da. Was wollen die mir jetzt schon wieder anhängen«, fragte Bianca verzweifelt und brach in Tränen aus. »Verdammt noch mal, ich habe kaum noch Kraft. Ich kann nicht mehr.«

Florian Richter wusste nicht so recht, wie er Bianca trösten sollte, aber so schnell, wie der Tränenstrom aus ihr herausgebrochen war, versiegte er auch wieder, und so sagte er nur: »Komm, lass uns gehen, umso schneller haben wir es hinter uns.«

Tapfer und schon wieder ein bisschen kämpferisch stimmte sie zu: »Ja, je eher wir Bescheid wissen, umso besser.«

Zehn Minuten später betraten sie Norbert Windischs Büro, wo auch Jonas Mertens und Dr. Bärtig warteten.

Oje, dachte Bianca. *Jetzt fahren sie gleich ein ganz großes Geschütz auf.*

Florian schien Ähnliches zu denken, die Grimasse, die er zog, als er Jonas entdeckte, sprach Bände.

»Was gibt es denn so Wichtiges, dass ihr uns hier ein derart großes Empfangskomitee bereitet?«, fragte er bewusst provokant.

»Du brauchst es gar nicht erst versuchen, ins Lächerliche zu ziehen, dazu ist die Sache viel zu ernst. Bianca hat, als sie noch hier bei uns war, die Proben-Dokumentation sortiert und sollte alle, bei denen bis Januar die Lagerzeit abläuft, aussortieren.«

»Das habe ich doch auch gemacht«, verteidigte Bianca sich vehement, und Norbert Windisch antwortete kein bisschen weniger energisch: »Leider, denn dabei hast du gleich noch mehr gemacht, du hast sie im Reißwolf vernichten lassen. Davon hat dir keiner was gesagt.«

»Daran kann ich mich beim besten Willen nicht erinnern. Wann genau soll denn das gewesen sein?«

Darauf warf Jonas Mertens Norbert Windisch einen schnellen Blick zu, bevor Windisch kurz angebunden sagte: »Das tut nichts zur Sache.«

Florian hatte den fragenden, fast schon unsicheren Blick von Jonas bemerkt und dachte sich seinen Teil.

»Wäre denn das so schlimm?«, hakte Florian deshalb auch gleich nach. »Die Akten sollten doch sicher sowieso vernichtet werden, oder?«

Florian hatte gehofft, die beiden weiter ins Schwimmen bringen zu können, aber leider hatten sie sich sehr schnell gefangen, und Norbert Windisch sagte triumphierend: »Das schon, aber die Stammdaten wie Präparate-Namen, Chargennummer, Ein- und Auslagerungsdatum hätten in unsere Dauer-Stammliste übernommen werden müssen. Das wollte Jonas schon länger machen, wurde dann aber krank, und so haben wir es erst jetzt bemerkt. Nun haben wir eine Lücke von einem halben Jahr in unserer Kartei! Und nächste Woche findet hier eine Überprüfung durch die Konzernleitung statt. Na prima, und herzlichen Dank dafür.«

Bianca war viel zu schockiert, um überhaupt irgendwas zu sagen, geschweige denn sich an diesen Vorgang erinnern zu können. Und auch Florian fiel nicht mehr als ein zaghafter Widerspruch ein: »Euer System ist aber auch arg umständlich. Da musste früher oder später etwas passieren. Aber das jetzt Bianca in die Schuhe schieben zu wollen, ist das Allerletzte.«

»Das finde ich auch«, drang eine andere Stimme von der Tür herein, und kein Geringerer als Oliver Vollmer betrat das Büro.

»Von wo kommen Sie denn jetzt her?«, stotterte Norbert Windisch, und Bruno Bärtig fuhr wie von der Tarantel gestochen in die Höhe. Nur Jonas Mertens blieb kalt wie ein Eisblock, trat einen Schritt auf Bianca zu und fauchte sie an: »Dank deiner Schlampigkeit haben wir jetzt den Salat, die Arbeit und den Ärger.«

»Ach, willst du damit vielleicht von dir selbst ablenken?«, schrie Bianca, die mittlerweile völlig verzweifelt und ratlos war, plötzlich Jonas Mertens an, obwohl der höchste Chef ihrer Abteilung direkt daneben stand. »Bügele deine Fehler doch alleine aus, und häng mir das nicht auch noch an. Ich hasse dich, du … du … Ungeheuer!«

»Ich lasse mich von dir weder beleidigen noch beschuldigen!«, gab Jonas nicht minder wütend zurück.

»Und ich mir nicht eure Fehler anhängen«, erwiderte Bianca mit brüchiger Stimme, drehte sich um und wollte unter Tränen zur Tür hinauslaufen, aber Florian folgte seiner Mitarbeiterin schnell, legte ihr die Hand auf die Schulter und sagte: »Warte mal einen Moment.«

Dann wandte er sich an Norbert Windisch. »Findest du das in Ordnung, was hier gerade abläuft?«

»Weißt du, Florian, es geht letztendlich nicht nur darum, dass die Akten versehentlich vernichtet wurden. Sondern darum, dass deine Untergebene wieder einmal etwas getan hat, wofür sie überhaupt keinen Auftrag hatte. Wie bitte kommt sie dazu, sich den Stapel zu schnappen und damit direkt in die Abteilung Aktenvernichtung zu marschieren?«

»Wenn dem so wäre, und ich sage ausdrücklich, wenn… dann haben die dort allerdings auch mächtig gepennt. Die hätten den Stapel ohne Freigabeschein nämlich gar nicht annehmen dürfen.«

»Das stimmt, und eine interne Untersuchung dazu wurde bereits durchgeführt«, sagte nun Dr. Bärtig. »Denn nur so kamen wir Bianca überhaupt auf die Schliche.«

»Was erlauben Sie sich eigentlich, Herr Dr. Bärtig!«, fuhr nun Dr. Vollmer auf. »Sie können mich doch nicht einfach übergehen. Dabei habe ich auch noch ein Wörtchen mitzureden.«

»Mit Ihnen kläre ich das schon noch ab«, ging Dr. Bärtig nun sogar seinen Vorgesetzten an. »Aber die andere Seite ist die, dass es höchste Zeit ist, dass Sie endlich mal handeln müssen. Sie sehen doch, dass Frau Müller immer wieder und immer größere Scherbenhaufen hinterlässt. Verstehen Sie jetzt endlich, was ich meine?«

Jonas Mertens drehte sich zum Fenster, damit niemand sein hinterhältiges Grinsen sah, in das sich auch eine ganze Portion Bewunderung für Dr. Bärtig mischte. Aber Florian war es nicht verborgen geblieben, und er schöpfte Hoffnung, dass das Trio Bärtig, Windisch, Mertens sich dieses Mal übernommen hatte.

Bianca hatte keinen sehr angenehmen Feierabend. Selbst nach stundenlangem Grübeln war sie sich immer noch sicher keinen Fehler gemacht zu haben, auch wenn im Moment wieder einmal alles gegen sie sprach. So kam es, seit sie mit ihrem Mann zusammenlebte, zum ersten Mal vor, dass sie die Waschmaschine einschaltete, ohne Waschmittel eingefüllt zu haben – so sehr war sie in ihren Gedanken gefangen.

»Schatz, wenn dich das alles so belastet, dann rede doch mit mir und stürz dich nicht in Hausarbeit, die ich genauso gut morgen machen kann.«

»Ach, dabei kannst du mir nicht helfen. Ich muss nachdenken, wie das damals wirklich abgelaufen ist. Ich werde das dumpfe Gefühl nicht los, dass alles ganz anders war, und die haben gelogen, dass sich die Balken biegen.«

»Liebling, sei mir bitte nicht böse, aber sollten wir uns nicht mal das Angebot ansehen, das sie dir gemacht haben? Dann wärst du allen Ärger los.«

Bianca fuhr herum, warf ihrem Mann einen bitterbösen Blick zu und fuhr ihn an: »Bist du auch schon ein Teil dieser Verschwörung? Was habt ihr denn alle? Ich kann und will meinen Arbeitsplatz nicht loswerden! Wovon sollen wir denn leben? Ich liebe meine Arbeit …«

Genauso plötzlich wie ihr Wutanfall gekommen war, verrauchte er auch und wich einer tiefen Verzweiflung. Laut aufheulend warf sich Bianca an die Brust ihres Mannes und weinte: »Halt mich fest und lass mich nie, nie mehr los. Ich hänge an meiner Arbeit, das musst du doch verstehen. Aber inzwischen habe ich auch eine riesengroße Angst davor, dass diese Schikanen nie mehr aufhören und es immer so weitergeht. Ich habe kaum noch Kraft, dagegen anzukämpfen.«

Tobias merkte, dass seine Frau am Ende ihrer Kräfte war, und bereitete ihr erst einmal etwas Gutes zum Essen, bevor er ihr ein Bad einließ, ehe sie an diesem Abend sehr früh schlafen gingen. Als sie am Morgen erwachten, war Bianca schon fast wieder die Alte.

Aufrecht im Bett sitzend, sagte sie: »Jetzt weiß ich genau, dass die von PVA gelogen haben. Ich habe das heute Nacht geträumt. Außerdem, viel wichtiger, erinnere ich mich wieder daran, dass ich Jonas Mertens die Unterlagen auf den Schreibtisch gelegt habe.«

Von dieser Erkenntnis gestärkt, ging Bianca gleich am frühen Morgen, nachdem sie mit ihm telefoniert hatte, zu ihrem Chef hinauf.

Beim Verlassen des Büros stieß sie fast mit ihrem Kollegen Roland zusammen, der gerade zur Arbeit kam.

»Na, wieder gesund?«, fragte Bianca.

»Es geht wieder einigermaßen, danke, ja.«

»Ich bin mal kurz bei Florian.«

»Das kommt aber oft vor in letzter Zeit. Was machst du denn schon wieder da?«, fragte er neugierig.

»Ach, wir haben was zu besprechen«, sagte Bianca und dachte: *Das geht dich überhaupt nichts an.*

Im Gegensatz zu Jonas Mertens war Roland kein bisschen sauer, weil er nicht erfuhr, was er wissen wollte. Grinsend sagte er: »Na ja, immer noch besser, als dass Florian unentwegt bei uns im Büro auf der Matte steht. Der Mann ist auf die Dauer ziemlich nervend.«

Nachdem Bianca alles erzählt hatte, was ihr wieder eingefallen war, sagte ihr Chef: »Ich habe mir das fast gedacht, dass du das nicht warst. Nur leider können wir mit diesem Wissen allein nichts anfangen, solange wir nichts beweisen können. Aber noch etwas. Ich habe da was läuten hören, dass sie dir ein verbessertes Angebot vorlegen wollen.«

»O nein, nicht schon wieder.«

»Nimm besser gleich Kontakt zu unserer Vertrauensfrau auf, dann bist du richtig vorbereitet.«

»Gute Idee, das werde ich machen.«

»Aber jetzt mal was ganz anderes, unter uns gesprochen«, fuhr Florian fort. »Ich finde es toll, wie vehement du deinen Arbeitsplatz verteidigst, und will dir in deiner Entscheidung keinesfalls zu nahe treten. Aber vielleicht solltest du das Ganze auch mal von einer anderen Seite aus betrachten. Dass Dr. Bärtig auch in Zukunft nicht nachgeben wird, ist, denke ich, mittlerweile klar. Er wird dich immer wieder auf seine Abschussliste setzen, auch wenn er scheinbar eine Zeit lang Ruhe gibt. Wäre es in der Situation nicht das Beste, möglichst viel aus der Sache herauszuholen und dir das hier nicht länger anzutun? Auf Dauer gehst du dabei vor die Hunde. Bei dem Chef wirst du nie mehr was zu lachen haben, der Mann ist einfach nur fies. Das muss ich leider so sagen, denn auch ich habe manchen Kampf mit ihm auszufechten. Überleg dir das mit dem Angebot noch mal, ich glaube, im Moment hast du eine Chance, besonders gut dazustehen. Aber egal wie du dich entscheidest: Ich werde dich, so gut es geht, unterstützen und dir helfen.«

»Danke, Florian. Ich habe selbst schon Überlegungen in dieser Richtung angestellt und werde das in Ruhe mit meinem Mann besprechen.«

»Ich muss heute früher weg«, verkündete Roland Wegner wenig später im Büro. »Wenn Herr Felbert aus meiner alten Abteilung hier anruft, sag ihm bitte, dass ich morgen erst gegen neun da bin. Ich sage dir das gleich, damit ich es nachher nicht vergesse.«

Bianca seufzte still und sah nicht einmal auf. »Okay.«

Nachdem Roland hektisch wie immer aus dem Raum geflitzt war, kam Jochen Stenzl herein und fragte nach ihm.

»Keine Ahnung, wo Roland hin ist. Das hat er mir nicht gesagt, nur dass er früher gehen muss.«

»Das hab ich gerne«, sagte Jochen unverhohlen grinsend. »Den ersten Tag nach seiner Krankheit wieder da und gleich früher gehen. Das kann noch heiter werden.«

»Du hast du was Wahres gesagt«, setzte Bianca lakonisch hinzu.

»Was denkt der Mann sich eigentlich?«

»Vermutlich nichts, oder?«

Unter anderen Umständen hätte Bianca sich wahrscheinlich über ihren Kollegen geärgert, der die Arbeit mal wieder Arbeit sein ließ und einfach verschwand, wenn er keine Lust mehr hatte, aber heute war ihr das ganz recht. So hatte sie ab Mittag das Büro für sich und konnte einige Telefonate erledigen.

Zuerst rief sie Dirk Römer an und teilte ihm mit, dass sie es nicht wie vorgesehen bis zwei schaffte, sondern vermutlich erst nach halb drei zu ihm käme. Danach war Sibylle Gerlach an der Reihe.

Sie erzählte der Vertrauensfrau, was vorgefallen war, und erfuhr von ihr, dass die Geschichte bereits bis zum Betriebsrat vorgedrungen war.

»Hat man sich mit dir noch nicht in Verbindung gesetzt?«

»Bis jetzt nicht.«

»Dann wird es nicht mehr lange dauern. Sage mir Bescheid, ich bin gerne bereit mitzugehen.«

»Danke.«

Bianca beendete das Gespräch und machte sich endlich wieder an ihre Arbeit, die am Vormittag liegengeblieben war. Aber kaum hatte sie das erste Schriftstück in die Hand genommen, läutete ihr Telefon.

Heute komme ich auch zu gar nichts, dachte sie und griff mit einem mulmigen Gefühl im Magen zum Hörer. Und ihre Befürchtungen wurden mit einem Mal zur Wirklichkeit. Marion Thieme war am Apparat.

»Frau Müller, bitte kommen Sie heute um zwei Uhr

doch einmal ins Personalbüro, ich habe Ihnen ein Angebot zu unterbreiten.«

Bianca, die das so schnell wie möglich hinter sich bringen wollte, fragte: »Geht es auch um eins?«

»Meinetwegen«, schallte es ihr genervt entgegen.

An Arbeiten war jetzt nicht zu denken. Bianca rief erneut Sibylle Gerlach an und erreichte sie zum Glück auch sofort. Die Vertrauensfrau hatte sogar kurzfristig Zeit, sich mit ihr vor dem Personalbüro zu treffen. Danach war Tobias an der Reihe.

»Höre dir das doch erst mal an, was die zu sagen haben, ablehnen kannst du es dann immer noch« war sein Tipp, und das war nicht unbedingt das, was Bianca zu hören wünschte.

»Ich will mir aber gar nichts anhören, ich will in Ruhe meine Arbeit machen können«, sagte sie und beendete das Gespräch ziemlich brüsk.

Seit diesem abrupten Gesprächsende saß Tobias wie auf glühenden Kohlen, bis er endlich seine Frau abholen konnte. Als sie ins Auto stieg, fragte er gleich: »Was wollte die Thieme denn schon wieder von dir?«

»Ich erzähle es dir gleich, fahr schon mal los, ich muss erst mal durchatmen.«

Sie waren kaum zwei Kilometer unterwegs, da hielt es Tobias nicht mehr aus.

»Jetzt erzähl schon.«

»Also gut. Die Thieme, die dusslige Kuh, hat ein neues Angebot unterbreitet, und der Betrag, den sie genannt hat, hat mir die Sprache verschlagen.«

Dann nannte sie die Summe, die so hoch war, dass ihr Mann beinahe das Steuer verrissen hätte, so überrascht war er.

»Das reicht, um dich bis zur Rente davon zu ernähren.«

»Meinst du wirklich?«

»Schon. Meinetwegen können wir ja mal unseren Steuerberater fragen. Was hast du zu denen gesagt?«

»Erst mal nichts, aber die haben mir vier Wochen Bedenkzeit eingeräumt. Am liebsten hätte ich Nein gesagt, aber der Gedanke, den Stress mit PVA und ihren Intrigen ein für alle Mal los zu sein, hat auch was.« Dann erzählte sie ihrem Mann noch, was sie mit Florian alles durchgesprochen hatte.

»Kluger Mann, dein Chef«, bemerkte Tobias trocken. »Du solltest wirklich übers Wochenende mal in Ruhe nachdenken. Meinst du nicht auch, es wäre schön, zu Hause zu sein und nicht mehr diese blöden Fratzen sehen zu müssen? Eigentlich müsste dir das die Entscheidung doch leichter machen.«

»Da ist schon was dran«, bemerkte Bianca. »Außerdem, was hältst du davon, am Samstagabend mal wieder einen guten Rotwein zu trinken?«

»Ist das wieder eine Hektik heute«, schimpfte Roland Wegner, als er um sage und schreibe Viertel vor neun am Montagmorgen im Büro erschien und seinen Rucksack in die Ecke pfefferte. Dann sah er Bianca freundlich an.

»Du machst sie dir doch selbst«, meinte sie. »Warum gehst du zu Hause nicht fünf Minuten früher los? Dann muss du nicht so hetzen und schon halb geschafft hier ankommen. Glaub mir, die Arbeit geht dir dann leichter von der Hand, denn sie muss sowieso gemacht werden. Ich habe inzwischen so einiges für dich in petto.«

»Bitte nicht schon wieder.«

»Tut mir leid, aber was sein muss, muss sein. Also: Dr. Schwarz bittet um Rückruf, aber dringend. Ebenso Mona Ziegelstein und Anna Sanchez.«

»Das artet doch in Arbeit aus«, beschwerte Roland sich.

»Dann halte dich mal ran, zum Arbeiten bist du schließlich hier«, hörte man eine Stimme von der Tür her, und Bianca drehte sich um.

»Morgen, Florian«, sagte sie schnell.

»Morgen, Bianca.« Und an Roland gewandt sagte Florian Richter: »Bist du eben erst gekommen?«

»Ja.«

»Dann tätige jetzt erst mal deine Rückrufe und fahre die Probenrunde; nachher kommst du bitte in mein Büro.«

»In Ordnung. Um was geht es denn?«

»Das wirst du dann schon sehen, aber nicht, dass du denkst, du bist von der Besprechung ausgeschlossen.«

»Was war denn das eben?«, beschwerte Roland sich, als Florian den Raum verlassen hatte. »Wie geht denn der Chef mit mir um? Und vor allem, wie soll ich das alles schaffen?«

»Die Antwort willst du von mir bestimmt nicht hören, also schenke ich sie mir.«

Einige Tage später hatte sich Bianca noch immer nicht zu dem Angebot geäußert, weder zu Hause noch gegenüber ihrem Chef oder der Personalabteilung. Vormittags platzte auf einmal Dr. Bärtig ins Büro; ihr Kollege Roland saß zufällig einmal an seinem Platz und machte Bestellungen.

»Guten Morgen allerseits«, grüßte der Chef. »Na, Frau Müller, haben Sie es sich inzwischen überlegt?«

»Was denn?«, fragte Bianca scheinheilig.

»Naja, Sie wissen schon.«

»Moment mal«, sagte Bianca jetzt schon bestimmter, »bitte nicht jetzt und hier.«

»Na, wann denn dann, bitte?«

Da kam Bianca der Zufall in Form von Florian Richter zur Hilfe.

»Ach, gut, dass ich Sie sehe!«, begann er gleich nach Betreten des Büros. »Haben Sie mal eine Minute für mich Zeit?«

»Nachher gerne, wenn ich mit Frau Müller gesprochen habe.«

»Aber doch nicht jetzt während der wichtigsten Arbeitszeit«, sagte Florian und tat entsetzt. »Kann man sich vorher nicht mal anmelden? Oder hat er das, Bianca?«

»Bei mir nicht.«

»Das wäre auch noch schöner«, polterte Bärtig los, folgte Florian Richter aber überraschenderweise in dessen Büro hinauf.

»Was war denn das gerade, Bianca?«, fragte Roland misstrauisch.

»Ach, der hohe Chef ist nicht mehr ganz bei Trost«, sagte Bianca schnell, und weil sie dem Kollegen nichts sagen wollte, dachte sie im Stillen: *Dann kann ich es gleich ans Schwarze Brett hängen.* Roland war weit und breit für seine Schwatzhaftigkeit bekannt.

Kurz darauf zog er die übliche Nummer ab, ein Telefonanruf, ein »Bin gleich wieder da«, und er verschwand wie von der Tarantel gestochen aus dem Büro.

Bianca seufzte tief, dann beugte sie sich wieder über ihre Arbeit. Als sie sich hineingearbeitet hatte, öffnete sich die Tür, und Florian Richter kam mit Bruno Bärtig zurück.

»Na, Bianca«, fragte Florian schnell. »Wo ist denn Roland?«

»Das kann ich dir nicht sagen. Er bekam einen Anruf und stürzte aus dem Büro, als wäre der Teufel hinter ihm her.«

»Na, das kann heute wieder heiter werden. Sehen Sie, so geht das hier jeden Tag«, wandte Florian sich an seinen Vorgesetzten. Bruno Bärtig ging über die Bemerkung hinweg und wandte sich jäh an Bianca: »Sie stimmen also zu?«

»Bei was denn?«, fragte Bianca, sich wiederum unwissend stellend.

»Na, dem Aufhebungsvertrag.«

Bianca sah den höheren Chef ganz ruhig an, und er musterte sie ungeduldig.

Dann sagte sie ohne jede Hast: »Warum haben Sie es denn so eilig, Herr Dr. Bärtig? Ich habe vier Wochen Bedenkzeit eingeräumt bekommen.«

»Muss man die ausschöpfen?«

»Man darf es, denn es ist eine sehr wichtige Entscheidung.«

»Haben Sie wenigstens einen weiteren Termin mit Frau Thieme vereinbart?«

»Das könnte ich tun, wenn Sie mich nicht ständig von meiner Arbeit abhalten würden«, sagte Bianca trocken. *Hör auf zu nerven, arroganter Fatzke*, dachte sie.

»Denken Sie daran, weder Ihre Gesundheit noch das Betriebsklima hier werden irgendwann noch einmal besser werden, entscheiden Sie sich also nicht falsch.«

Bianca blieb vor Staunen der Mund offen stehen, denn was der Mann hier gerade vom Stapel gelassen hatte, war nicht nur eine ausgemachte Frechheit, es war eine offene Drohung.

Ihr Vorgesetzter reagierte blendend. »Wenn Sie meiner Mitarbeiterin noch einmal drohen, mache ich das publik, und das wird gewaltige Wellen schlagen.«

Von dem Moment an ließ sich Dr. Bärtig nicht mehr bei ihr blicken und ließ sie auch sonst in Ruhe. Aber Bianca fühlte sich auf Schritt und Tritt beobachtet und belauert. Es ging so weit, dass sie schon zusammenzuckte, wenn die Tür aufging und ihr Kollege den Raum betrat. Zum Glück war Roland nicht sonderlich sensibel und bekam davon nichts mit. Bianca dachte manchmal darüber nach, ob sie ihn nicht sogar selbst über die Vorgänge ins Bild setzen sollte – er war arbeitsscheu und chaotisch, aber für einen Schurken hielt sie ihn nicht –, konnte sich aber doch nie dazu durchringen.

Weitere zwei Wochen vergingen, in denen Bianca immer nervöser wurde und nachts kaum noch schlief.

11.

Dann kam der Mittwoch Anfang Oktober. Bianca hatte zum Wochenbeginn zwei Tage Urlaub genommen und war wie jedes Jahr am Sechsten des Monats, dem Geburtstag ihrer Mutter, mit ihrem Mann nach Limburg an der Lahn zum Grab der Eltern gefahren. Biancas Eltern hatten fast dreißig Jahre in Kassel gelebt, doch blieben bis zuletzt so tief mit ihrer Heimatstadt verwurzelt, dass sie nicht davon abzuhalten waren, dort beerdigt sein zu wollen. Zudem wäre ihre Mutter in diesem Jahr achtzig geworden, und so hatte Bianca, die ihre Eltern viel zu früh verloren hatte, der Besuch ganz besonders aufgewühlt. Entsprechend schlecht hatte sie nach ihrer Rückkehr geschlafen und war am Morgen bereits nervös und unruhig zur Arbeit gegangen. Auch dass Florian die nächsten ein oder zwei Tage auf Geschäftsreise sein würde, die genaue Dauer stand noch nicht fest, erzeugte in ihr ein vage unbehagliches Gefühl.

Im Betrieb war die allgemeine Situation nicht dazu geeignet, sie zur Ruhe kommen zu lassen. Zuerst nervte Roland Wegner mit dem von ihm hinterlassenen Chaos, und als er endlich seine Autorunde antrat, rief auch noch Frau Thieme an.

In ihrer unnachahmlich direkten und unsensiblen Art sagte sie: »Wir müssten noch einmal über die ganze Sache reden. Ich habe den endgültigen Vertragstext nun vorliegen. Wie sieht es denn aus? Wann haben Sie Zeit?«

»Das ist im Moment ganz schlecht, ich ersticke hier in Arbeit.«

»Sie sollten das nicht auf die lange Bank schieben! Ein solch gutes Angebot kann ich nicht mehr lange machen.«

»Moment mal, habe ich vielleicht gesagt, dass ich zustimme?«

»Wie auch immer: Ich muss bald eine Rückmeldung haben. Wie wäre es mit Montag zehn Uhr? Sie können auch Ihren Mann mitbringen. Ich melde ihn dann an.«

»Okay, dann halten Sie den Termin eben fest, aber ich kann im Moment nicht zusagen. Ich gebe Ihnen morgen Bescheid, ob es klappt.«

»Danke«, sagte Marion Thieme, dann legte sie auf.

Mein Gott, wie geht mir die Sturheit dieser Frau auf den Keks, dachte Bianca. *Warum begreift sie nicht, dass sie sich ihr Scheiß-Angebot in den … ach, lassen wir das.* Der Tag fing ja mal wieder bescheiden an.

Hätte sie geahnt, dass Frau Thieme im gleichen Moment an ihrem Schreibtisch saß und ihren Kopf voller Unverständnis über die Verbohrtheit von Bianca Müller schüttelte, die ihren Arbeitsplatz einfach nicht räumen wollte, wäre ihre Laune vermutlich schon da bis weit unter den Nullpunkt abgesunken.

So bekam sie noch etwas Schonfrist bis nach der morgendlichen Besprechung, aber als kurz danach Dr. Schwarz anrief, stand ihr doch wieder ein Gang in die Höhle des Löwen bevor.

»Frau Müller, es tut mir leid, dass es mal wieder hopplahopp gehen muss, aber ich bringe Ihnen die Papiere nachher vorbei, und Sie müssten mir noch eine

Abfüllung machen. Ich hoffe, dass das heute Mittag noch klappt.«

»Herr Dr. Schwarz, das ist aber sehr kurzfristig. Ich …«

»Ich weiß, und das war auch nicht so geplant. Aber einer meiner Mitarbeiter hat einen Termin übersehen. Ich habe schon mit PVA gesprochen, das Labor ist heute Mittag ab halb zwei für Sie frei, tschüs.«

Armer Dirk, dachte Bianca und griff erneut nach dem Hörer. *Der wird sich freuen, wenn es schon wieder nicht klappt.*

»Daran kann man nichts ändern«, sagte Dirk bedauernd. »Die Abfüllung geht natürlich vor. Ist doch klar.«

Pünktlich um halb zwei war Bianca in der Abteilung bei Norbert Windisch und begann ihre Abfüllung zu machen. Daniela Kolb zeichnete ihr das Übergabeprotokoll zum Labor ab und ging wieder an ihre eigene Tätigkeit. Dass niemand sie bei der Arbeit störte und keiner etwas von ihr wollte, war Bianca gerade recht, und dass weder von Norbert Windisch noch von Jonas Mertens irgendwo etwas zu sehen war, freute sie ganz besonders.

Na, das ist toll, dachte Bianca. Dann hatte sie wenigstens die Chance, hier beizeiten wegzukommen und endlich mal wieder einigermaßen pünktlich Feierabend zu machen.

Als sie gegen zwanzig nach drei die Abteilung PVA verließ, wurde ihr schlagartig wohler ums Herz. Das gute Gefühl hielt allerdings nicht sehr lange an, denn kaum war sie in ihre eigene Abteilung zurückgekommen und wollte ihre Stofftasche auspacken, durchzuckte es sie siedend heiß.

»Das darf doch wohl nicht wahr sein, ich fasse es nicht!«, rief sie laut in den leeren Raum.

In der Tasche hatte sie wie immer die Dokumentation zur Abfüllung transportiert. Darüber hatte nur ihr Halstuch gelegen. Die Geldbörse, die sie jetzt darin sah, gehörte ihr nicht.

Bianca schlug das Herz bis zum Hals. Die Tasche hatte vorhin unbeobachtet im Bürobereich an ihrem Schreibtischplatz gelegen – ungefähr eine Stunde lang, denn so lange war sie im Labor. Allemal genug Zeit, um die Geldbörse dort heimlich hineinzulegen. Wie mussten diese Leute sie hassen, wenn sie ihr so etwas in die Schuhe schieben wollten.

Bianca packte die Tasche und marschierte, ohne lange nachzudenken, schnurstracks in die Abteilung PVA zurück. Sie knallte der völlig verdatterten Daniela Kolb die Geldbörse auf den Schreibtisch und rief: »Was soll das? Warst du das? Wollt ihr mich fertigmachen?«

»Wa… was? Was meinst du? Ich weiß nicht, wovon du redest. Was ist das für ein Portemonnaie?«

»Das frage ich dich«, gab Bianca zurück, wenn auch etwas weniger energisch, denn sie hatte den Eindruck, dass Daniela wirklich ahnungslos war. »Mir gehört es jedenfalls nicht. Jemand hat es mir vorhin in die Tasche gesteckt, und das gewiss nicht aus Versehen.«

»Bianca, ich …«

»Was ist das für ein Lärm?«, ertönte eine Stimme hinter ihnen, die Bianca nur zu gut kannte. Sie zuckte zusammen, drehte sich um und sah Jonas Mertens auf sie zutreten. Ein Blick auf sein feistes Grinsen genügte, und Bianca wusste, dass er in der Sache drinsteckte. Ihr schossen Tränen in die Augen.

»Jonas, Bianca hat das hier gerade gebracht«, sagte Daniela und hielt die Geldbörse hoch. »Sie sagt, man hätte ihr das in die Tasche gesteckt.«

»Das ist, wenn ich das richtig sehe, Claudias. Na, die wird sich freuen, denn sie ist schon weg. Ohne ihr Geld, na prima«, sagte Jonas und durchbohrte Bianca fast mit seinem Blick. »Wo hast du das her? Antworte gefälligst.«

Bianca wurde schwindlig. Sie wusste nicht mehr, was sie tun sollte, und stürmte ohne ein weiteres Wort zu sagen hinaus. Vielleicht war es ein Fehler gewesen, unbedacht in die Abteilung zu rennen, vielleicht machte sie durch ihre Flucht nun alles noch schlimmer – sie wusste gar nichts mehr, sie wollte nur weg.

Daniela sah Jonas unsicher und fragend an.

»Gib her, ich schließ das Ding gut ein, bevor unser Langfinger wieder schwach wird. Und morgen melde ich persönlich die Sache dem Chef.«

Als er gegangen war, fragte sich Daniela bestürzt, was ihre Kollegen da wohl für ein Spiel trieben. Sollte Bianca wirklich recht haben? Dann ging das entschieden zu weit. So schlimm war die Frau nun auch wieder nicht, dass man ihr Derartiges in die Schuhe schieben durfte. *Aber ich kann mit keinem darüber reden. Dann bin ich bei Norbert selbst untendurch.* Daniela seufzte und war froh, dass Jonas sich der Geldbörse angenommen hatte.

So brauchte sie Bianca nicht beim Chef anzuschwärzen. Wer weiß, ob sie das so knallhart hätte durchziehen können wie der. Schließlich war vor allem eines wichtig: dass ihr eigener Kopf nicht in die Schlinge geriet.

Auf der gesamten Heimfahrt hatte Bianca geschwiegen, aber als Tobias und sie zu Hause im Wohnzimmer saßen, konnte sie nicht mehr still sein. Sämtliche Ereignisse des Tages sprudelten nur so aus ihr heraus.

»Wenn von der Geschichte mit der Geldbörse irgendetwas an mir hängen bleibt, mein Gott … das … das halte ich nicht aus«, schloss sie. »So – und nun brauche ich eine Flasche Wein, um den ganzen Mist wenigstens für ein paar Stunden zu vergessen.«

»Sei vorsichtig, übertreib es nicht«, sagte Tobias nur, handelte sich damit aber nicht nur einen bitterbösen Blick ein, sondern auch eine Frau, die an diesem Abend entschieden mehr trank, als sie vertrug. Auch er selbst grübelte lange. Bianca hatte keinen Beweis für ihre Version der Geschichte, dafür zwei Zeugen, die sie mit der Geldbörse gesehen hatten – und zumindest einer davon war ihr nicht wohlgesinnt.

Nie zuvor war Bianca mit einem so schrecklichen Gefühl in der Magengegend zur Arbeit gefahren wie am nächsten Morgen. Sie wusste, dass nun eine heftige Konfrontation auf sie zukam, aber sie hatte keine Ahnung, wie sie verlaufen würde. Ihr blieb nur, bei der Wahrheit zu bleiben.

In der Hoffnung, dass Florian Richter früher von seiner

Geschäftsreise zurückgekommen war, rief sie als Erstes in seinem Büro an, aber der elektronische Hausgeist namens Anrufbeantworter wusste auch nur, dass er nicht erreichbar war. Bianca hinterließ ihm die Nachricht, dass etwas vorgefallen war und er sich so schnell wie möglich bei ihr melden solle, sobald er wieder da wäre.

Sie zitterte wie Espenlaub, während sie auf das große Donnerwetter wartete, das unweigerlich über sie hereinbrechen würde. Und tatsächlich, es dauerte nur bis kurz nach acht – Roland war gerade erst angekommen und fing mit seiner Arbeit an –, bis es klopfte und Norbert Windisch mit einer wutentbrannten Claudia Schmücker im Schlepptau das Büro betrat.

Bianca sah sie fragend und wie gelähmt an. Als erstes bat Windisch Roland, kurz hinauszugehen, man hätte mit Frau Müller etwas Vertrauliches zu besprechen. Der trollte sich ohne Widerspruch – er mochte froh sein, selbst aus der Schusslinie zu geraten, worum immer es gerade ging.

Kaum war ihr Kollege draußen, hielt Norbert Windisch das Portemonnaie hoch. »Heute Morgen hat mir Jonas Mertens das hier übergeben, Bianca«, sagte er. »Wie kommst du an die Geldbörse von Claudia Schmücker?«

»Ich … ich …« Bianca rang nach Worten.

»Claudia hat mir gesagt«, unterbrach sie Norbert Windisch, »dass sie ihre Geldbörse seit gestern vermisst. Und dann marschierst du gestern Nachmittag in unsere Abteilung und bringst sie zurück. Kannst du mir das erklären?«

»Ich … ich war das nicht«, stammelte Bianca, nahm

dann all ihren Mut zusammen und sagte mit einigermaßen fester Stimme: »Jemand hat mir die Börse in die Tasche gelegt.«

»Unsinn«, sagte Norbert Windisch scharf. »Wenn du das Geld genommen hast, um dich an uns zu rächen, dann fände ich das ziemlich schäbig. Los, gib es schon zu, denn wenn du es gestehst, werden wir es vielleicht nicht weitermelden.«

»Was soll ich denn zugeben?«, wandte Bianca tapfer ein. »Wenn ich es genommen hätte, dann würde ich es doch nicht gleich wieder zurückbringen. Was für einen Sinn hätte das?«

»So«, sagte Norbert Windisch und stutzte einen Moment, bevor er triumphierend sagte: »Vielleicht hast du es in einem Anfall von Wut genommen, und als du in dein Büro zurückkamst, bekamst du es dann doch mit der Angst zu tun.«

Bianca wurde von dem Vorwurf so sehr getroffen, dass sie zu schniefen begann.

»Bianca, das hättest du nicht tun dürfen«, fuhr nun auch Claudia Schmücker selbst ihre ehemalige Kollegin an, und als Bianca sie durch einen Schleier von Tränen ansah, setzte sie noch einen drauf: »Damit hast du mich ganz schön in die Bredouille gebracht. Ausgerechnet gestern bin ich mit dem Zug gekommen, weil mein Auto in der Werkstatt ist. Zuerst hatte ich kein Geld für die Rückfahrkarte, dann musste ich mir von einem wildfremden Menschen Geld fürs Telefon borgen, da mein Handy leer war. Und bis mein Freund hier war, um mich abzuholen, war die Autowerkstatt zu. Das heißt, er hat mich heute Morgen herfahren müssen. Dafür solltest du eigentlich bezahlen.«

»Claudia, bist du damit einverstanden, dass wir Bianca, falls sie gesteht, nicht bei Dr. Bärtig melden?«, fragte Norbert Windisch scheinheilig, als sich die Tür öffnete und Bruno Bärtig eintrat.

»Was soll nicht gemeldet werden?«, setzte er schnell nach, und Bianca entfuhr es: »Wo kommen Sie denn auf einmal her?«

»Claudia Schmücker hat mich angerufen und mir von der Sache erzählt. Sie war der Meinung, ich sollte besser hier dazustoßen.«

»Wahrscheinlich weil sie von sich selbst ablenken wollte«, wagte Bianca schnell einzuwenden. »Das klang mir alles sehr auswendig gelernt.« Sie merkte, wie sie beim Reden ein wenig Fassung gewann. »Mein Stoffbeutel liegt bei PVA immer im Bürobereich, und ich bin lange genug im Labor. Jeder kann in der Zeit rangehen, ohne dass ich was davon mitkriege.«

»Claudia, meinst du nicht, dass du sehr voreilig gehandelt hast, als du Bruno verständigt hast?«, wandte sich Norbert Windisch an seine Mitarbeiterin. »Dafür hattest du keine Rückendeckung von mir.«

Bianca kam es so vor, als hätte Norbert seinem Freund und vielleicht auch der Mitarbeiterin kurz zugezwinkert. Als Anhaltspunkt für die Intrige, die hier zweifellos am Laufen war, war das aber zu wenig.

Sie überlegte, während sie auf ihrem Stuhl hin und her rutschte, was am vorigen Nachmittag noch vorgefallen sein könnte, das sie entlastet hätte. Vor ihr thronte Claudia und forderte erneut, Bianca solle ihr die Unkosten ersetzen. Hinter ihr standen Dr. Bärtig und Norbert Windisch einträchtig nebeneinander und wirkten beide hochzufrieden.

Mitten in diese unwirklich wirkende Situation platzte Florian Richter, der tatsächlich spät am Vorabend von seiner Geschäftsreise zurückgekommen war und am Morgen ausgeschlafen hatte, bevor er in die Firma gefahren war.

»Was ist denn hier los?«, fragte er und sah Bruno Bärtig direkt an.

Aber anstatt ihn aufzuklären sagte dieser zu Bianca: »Eine Möglichkeit gäbe es noch, die Sache klein zu halten, Frau Müller, Sie wissen, was ich meine?«

Nur wenige Wochen zuvor hätte Bianca ihm vielleicht noch eine passende Antwort entgegengeschmettert. Doch nun starrte sie ihn nur mit tränengeröteten Augen an, und fast unmerklich nickte sie. Sie war am Ende ihrer Kräfte. Selbst Florians Anwesenheit, die ihr bislang Kraft gegeben hatte, schien dieses Mal nichts zu bewirken. Es war noch nicht einmal sicher, ob sie ihn überhaupt wahrgenommen hatte.

Gedankenverloren starrte sie vor sich hin, während sich das Büro langsam zu leeren begann.

Als dann auch noch Roland zurückkam, sagte Florian Richter: »Bianca, du kannst jederzeit zu mir kommen und mit mir reden.«

Erst sah sie ihn einige Sekunden lang schweigend an, dann sagte sie stockend: »Ja… danke. Heute Nach… mittag komm ich zu dir rauf. Ich … ich mach jetzt noch was für Dirk fertig.«

Roland, der noch immer nichts ahnte, sah verwundert von einem zum andern, schwieg aber.

Florian Richter merkte genau, dass seine Untergebene sich erst einmal sammeln musste, um reden zu können, deshalb sagte er nur »Alles klar«, und entfernte sich diskret.

Als sie Florian Richter am Nachmittag von den Vorfällen erzählte – sie saßen zusammen in seinem Büro –, war er außer sich vor Wut.

»Was diese Schweine da abziehen, ist das Letzte. Aber Bärtig war eben auch dumm genug, sich persönlich an der Erpressung zu beteiligen. Damit kriegen wir ihn ran ...«

»Lass gut sein, Florian«, unterbrach ihn Bianca. »Du hast mir in den letzten Wochen mehr geholfen, als ich jemals dachte Hilfe zu brauchen. Dafür danke ich dir. Aber mir reicht's. Egal was ich sage, es ist doch alles für die Katz. Ich werde die Segel streichen. Von denen lasse ich mir meine Nerven nicht kaputt machen. Von der Schmücker nicht, von Mertens nicht, und auch nicht von Norbert Windisch. Ich habe doch die hochzufriedenen Blicke gesehen, die sich Dr. Bärtig und er zugeworfen haben. Womöglich kam die Idee mit dem Portemonnaie sogar von ihm. Der setzt alle Mittel ein, um mich loszuwerden. Bitte schön, das kann er haben. Soll er doch mit seiner Gruppe PVA untergehen und Schiffbruch erleiden. Die werden nicht aufhören zu tricksen und zu intrigieren. Egal gegen wen. Je eher sie auf die Schnauze fallen, umso besser.«

Florian bestand weiterhin darauf, mit der Geschichte zu Dr. Vollmer zu gehen. Aber Bianca bat ihn, das nicht zu tun. Sie erläuterte Florian, dass sie den Verlauf des vorgestrigen Nachmittags unzählige Male hatte Revue passieren lassen, ohne einen Hinweis zu finden, der ihre Version der Geschichte bestätigen könnte. Wer immer das Portemonnaie in ihren Beutel gepackt hatte – Jonas oder am Ende Claudia selbst –, war dabei unbemerkt geblieben. Später hatte Norbert Windisch, als er Claudia vorwarf, ohne seine Rückendeckung zu Bärtig gegangen zu sein, zwar indirekt zugegeben, dass er bereits sehr genau Bescheid wusste – aber er würde schlicht leugnen, das gesagt zu haben, und gegen Biancas Aussage würden drei andere stehen.

»Hm«, machte Florian, dem das alles sichtlich gegen den Strich ging. »Mir scheint, ich kann dich nicht mehr umstimmen.«

»Nein, mir reicht's endgültig. Auch wenn es mich freuen würde, wenn die Verantwortlichen dafür bestraft werden.«

»Das werden sie, eines Tages. Vertraue mir. Du hast es dir jetzt also wirklich gut überlegt?«

»Ja. Ich habe das wahrscheinlich viel zu lange rausgezögert, aber die Entscheidung habe ich mir nicht leicht gemacht. Es fällt mir verdammt schwer, aber unser Steuerberater hat gesagt, bei der Summe müsste ich bescheuert sein, wenn ich ablehne. Es rechnet sich wirklich.«

»Hast du schon einen Termin bei Frau Thieme vereinbart?«

»Ja, am Montag um zehn. Ich bin nur noch nicht dazu

gekommen, es dir zu sagen. Ständig kam etwas dazwischen. Aber woher weißt du das schon?«

»Bei Bärtig stehe ich auch auf der schwarzen Liste. Da konnte er es natürlich nicht lassen, mir brühwarm zu erzählen, dass er dich zu Frau Thieme geschickt hat.«

»So ein mieses …«

»Lass gut sein, das ist dieser Idiot doch gar nicht wert. Ich kann dir nur eines garantieren: Der Tag wird kommen, an dem er gewaltig auf die Schnauze fällt. – Ich schlage allerdings vor, zu dem Gespräch Sibylle Gerlach und Conrad Bauschmann mitzunehmen. Ruf die beiden am besten gleich an, vielleicht erreichst du sie noch, bevor die am Ende schon weg sind. Spätestens aber morgen früh. Wenn du sie erst am Montag fragst, könnte es zu spät sein. Dann machst du Feierabend. Es ist mittlerweile fast sechzehn Uhr. Du hast es dir verdient.«

Zwanzig Minuten später stand fest, dass Bianca ohne die Unterstützung der beiden auskommen musste. Conrad Bauschmann hatte ab Montag Urlaub, Sibylle Gerlach zu dem Zeitpunkt eine Betriebsratssitzung. Als Bianca Florian anrief und ihm die Situation schilderte, bot er sich an, mitzukommen: »Ich hätte zwar auch einen wichtigen Termin, aber den kann ich verschieben.«

Dann ging Bianca nach Hause und hoffte, genügend Kraft für diese letzte große Herausforderung sammeln zu können.

Endlich war der Montag gekommen, und Tobias brachte sie zur Arbeit.

»Ich bin dann um halb zehn pünktlich da, Schatz. Wir schaffen das schon. Zusammen mit deinem Chef ziehen wir der Frau das Fell über die Ohren, ihr wird noch Hören und Sehen vergehen, das kann ich dir versprechen.«

»Ja, mein Schatz, ich bin froh, dass auch Florian dabei ist.«

So richtig auf die Arbeit konzentrieren konnte Bianca sich nicht, und die Zeiger der Uhr wollten einfach nicht weiter vorrücken. Aber auch Roland trieb sie wieder einmal zur Weißglut. Ständig rannte er hin und her und telefonierte zwischendrin ewig lange mit Frau und Sohnemann. Bis er seine Runde mit dem Auto fahren konnte, war es halb neun.

»Was bist du denn so hektisch, Roland?«, fragte Bianca. »Meinst du, davon wirst du schneller fertig?«

»Das nicht, aber der Tag geht schneller rum und die Arbeit …«

»… kann warten«, ergänzte Bianca spontan.

»Endlich hast du es kapiert«, sagte er zufrieden. »Für wen soll ich mich denn so abrackern? Für die Bosse etwa? Sollen die doch mehr tun. Die kriegen auch mehr Geld. Es muss auch so gehen.«

»Guten Morgen«, erklang plötzlich eine Stimme vom Eingang her, und Bianca drehte sich um.

»Morgen, Florian«, grüßte sie, und Roland murmelte: »Ich fahr dann meine Runde.«

»Ist gut, denk aber bitte dran, dass ich um halb zehn das Auto brauche. Du hast es mir am Freitag hoch und heilig versprochen!«

»Habe ich das?«

»Natürlich.«

»Ich weiß wirklich nicht, ob ich das schaffe, Bianca.«

»Dann beeilst du dich eben mal ein bisschen und plauderst nicht an jeder Ecke, Roland«, mischte sich Florian ein. »Das war ganz klar ausgemacht und ist wichtig.«

Nun war Roland schnell aus dem Raum und hatte die Abteilung verlassen. Florian schloss die Tür und zog sich einen Stuhl heran.

»Na, hast du dich ein bisschen beruhigt?«

»Hatte ich, ja, aber Roland macht das alles wieder zunichte. Hier ist eine Hektik im Büro, es ist kaum noch auszuhalten.«

»Wenn wir den Termin erst mal hinter uns haben, geht es dir bestimmt besser«, munterte Florian seine Mitarbeiterin auf. »Andreas und Jochen haben sich übrigens letzten Donnerstag bei mir über Roland beschwert.«

»Das haben sie sich getraut? Das hätte ich nicht für möglich gehalten.«

»Ich auch nicht. Und ich sage dir jetzt noch etwas im Vertrauen: Für Roland ist eine Abmahnung unterwegs.«

»Von mir erfährt niemand was.«

»Deine Diskretion weiß ich zu schätzen. Treffen wir uns dann dort im Gebäude? Ich nehme mein Auto. Sollte Roland nicht zurück sein, sag mir Bescheid, dann nehme ich euch mit.«

Um kurz vor zehn parkte Bianca den Werkswagen vor dem Verwaltungsgebäude, dann gingen Tobias und sie hinein, während Nadine mit ihrem schweren Postwagen aus dem Aufzug kam.

»Hallo, Nadine«, sagte Bianca.

»Hallo, ist heute der Tag X gekommen?«

»Ja, es ist so weit.«

»Dann wünsche ich dir viel Glück.«

»Danke.«

Unter den wenigen, die etwas ahnten, war Nadine die Einzige, die recht genau Bescheid wusste.

»Wir reden dann morgen«, rief Bianca ihrer Kollegin noch zu, während sich die Aufzugtür hinter ihnen schloss.

Sie trafen gleichzeitig mit Frau Thieme vorm Besprechungsraum ein.

»Guten Morgen«, sagte die Sekretärin. »Ist Herr Richter noch nicht hier?«

»Sehen Sie ihn vielleicht?«, konterte Tobias flapsig. »Er wird gleich da sein«, setzte Bianca hinzu.

Kurz nachdem sie Platz genommen hatten, klopfte es auch schon an der Tür.

»Hallo zusammen, entschuldigt bitte, ich bin aufgehalten worden.«

»Können wir endlich anfangen?«

Marion Thiemes Ungeduld war förmlich spürbar, wobei auch ihre Freundlichkeit auf der Strecke blieb.

»Warum haben Sie es denn so eilig, Frau Thieme?«, fragte Florian Richter. »Gut Ding will Weile haben.«

Leicht genervt begann Frau Thieme noch einmal die Rahmenbedingungen zu erklären und streute immer wieder ein, dass es ein sehr vorteilhafter Vertrag wäre, bis Bianca sie ihrerseits genervt unterbrach: »Könnten

Sie langsam mal zum Wesentlichen kommen? Zu einem Plauderstündchen sind wir hier gewiss nicht verabredet.«

Tobias sah seine Frau bewundernd an.

»Ganz genau«, fügte Florian Richter hinzu. »Kommen Sie bitte endlich auf den Punkt.«

Die junge Sekretärin blickte Bianca und Florian Richter einige Sekunden lang abwechselnd und überrascht an, dann sagte sie: »Ist ja schon gut«, und fuhr unbeirrt in ihrer Ansprache fort.

Sie ging nun den Vertrag Wort für Wort mit den Anwesenden durch, und an manchen Formulierungen wurde lange gefeilt. Florian Richter wies Marion Thieme mehr als einmal darauf hin, dass die Rechtschreibung des Machwerks an manchen Stellen mehr als fehlerhaft und die Formulierungen missverständlich waren. Bianca war froh, dass ihr Chef dabei war – und dass er diese blöde Tussi mit seinen Korrekturen schier zur Verzweiflung brachte. Besser konnte es gar nicht laufen.

Nach einer Stunde war der Vertrag von allen Seiten beleuchtet worden, und alle waren damit zufrieden. Nun musste Frau Thieme ihn nur noch ausdrucken.

Als sie das getan hatte, sagte sie: »So, jetzt haben Sie noch drei Wochen Zeit zu unterschreiben. Warten Sie aber möglichst nicht bis zum letzten Tag.«

Bianca sah verwundert erst sie, dann ihren Mann und schließlich ihren Chef an. Was sollte das jetzt? War sie im falschen Film? Erst drängten alle darauf, dass sie zum nächsten Ersten ausschied, und jetzt das? In drei Wochen würde ihre Beschäftigung hier bereits seit einigen Tagen Geschichte sein. Hatten diese Leute eigentlich irgendwann mal rechnen gelernt? Schließlich hatte sie auch noch Resturlaub.

Florian Richter fing ihren Blick auf und sagte: »Ich hatte eigentlich gedacht, dass Frau Müller den Vertrag hier an Ort und Stelle unterschreiben soll.«

»Ich auch«, stimmte Bianca ein.

Marion Thieme stimmte überrascht, aber sichtlich erfreut zu und wollte ihren Kugelschreiber über den Tisch reichen, aber Bianca lehnte dankend ab und sagte: »Ich habe meinen eigenen, der ist mein Glücksbringer.«

Nachdem Bianca unterzeichnet hatte, sagte Marion Thieme: »Wenn Dr. Kähler den Vertrag gegengezeichnet hat, bekommen Sie ihn ausgehändigt. Außerdem muss doch auch ein Zeugnis erstellt werden.«

»Ja«, sagte Florian Richter dazu. »Ich bin mit der dafür zuständigen Stelle bereits in Kontakt getreten.«

»Na, dann läuft alles bestens«, sagte Marion Thieme hochzufrieden, und Bianca dachte: *Stimmt, solange du die Finger nicht im Spiel hast.*

12.

Als Biancas Gruppe sich am nächsten Morgen zur täglichen Besprechung traf und alle Themen abgehandelt waren, trat ihr Chef vor die Runde und sagte: »In Zukunft werden wir so einige Arbeiten, die uns Bianca bislang abgenommen hat, selbst machen müssen. Sie hat einen Aufhebungsvertrag unterschrieben und nächste Woche Donnerstag ihren letzten Arbeitstag. Zum Ende des Monats wird sie das Werk verlassen.«

»Oh, Scheiße«, entfuhr es Roland. »Wer soll mir dann beim Ordnen des Musterlagers helfen?«

Bevor Florian Richter etwas sagen konnte, lief Jochen Stenzl zur Hochform auf: »Vielleicht solltest du endlich mal was arbeiten und nicht den ganzen Tag nur Unsinn reden und mit deinem Geschwätz andere von ihrer Arbeit abhalten.«

Roland sah betreten zu Boden, und Florian konnte sich ein Grinsen nicht verkneifen.

»Meinst du, deine Kollegen sind blöde?«, setzte er nach. »Du hast doch wohl nicht geglaubt, du bist im Schlaraffenland, und das geht hier dauerhaft so weiter?«

Von dem Moment an war es so, als ob eine große Last von Biancas Schultern genommen worden wäre. Sie arbeitete so entspannt wie schon lange nicht mehr und konnte für Dirk Römer noch einiges erledigen, was ihm in den nächsten Wochen die Arbeit sehr erleichtern würde. Bianca hoffte, den Leuten von PVA nicht mehr allzu oft begegnen zu müssen, doch in diesem Punkt hatte sie sich leider getäuscht. An ihren letzten Tagen im Werk musste sie noch dreimal in die Abteilung hinübergehen.

Schon am nächsten Tag war es so weit, und sie trat den Weg mit einem unguten Gefühl in der Magengegend an. Sie arbeitete, so schnell sie konnte, achtete dabei aber ganz besonders gewissenhaft darauf, dass auch nicht das kleinste Stäubchen danebenfiel, damit sie nicht länger als unbedingt nötig dortbleiben musste.

Keiner hatte etwas an ihrer Arbeit auszusetzen, aber sie wunderte sich auch nicht darüber, dass keiner ein Wort mit ihr sprach.

Als das am übernächsten Tag wieder so ablief, war sie auf der Hut und dachte: *Wer weiß, was noch kommt.*

Ihre dritte Abfüllung machte sie am nächsten Montag, und als sie ihren Stoffbeutel mit den Dokumenten an sich nahm, um den Bürobereich zu verlassen, passte Jonas sie ab.

Er stellte sich kurzerhand in die Tür und sagte giftig: »Du hast es wohl auch nicht mehr nötig, auf Wiedersehn zu sagen, wie?«

»Ach«, sagte Bianca schnippisch. »Willst du das jetzt noch auf einem Serviertablett angerichtet haben? Ich hab doch tschüs gesagt, reicht dir das immer noch nicht?«

Damit kehrte sie ihm provokant den Rücken und ging hinaus.

»Für den Alltag vielleicht schon, aber nicht, wenn man das Werk für immer verlässt. Dann könnte man sich schon richtig verabschieden. Oder zum Ausstand einen ausgeben.«

»Einen ausgeben, euch? Dafür, dass ihr an den Daumenschrauben gedreht habt? Lass mal, das macht auch so die Runde im Werk.«

»Wir haben nur getan, was nötig war«, rutschte es Jonas heraus, und hastig schickte er noch: »Werd jetzt bloß nicht frech, sonst …« hinterher, aber Bianca war klar, dass sie mitten ins Schwarze getroffen hatte.

»Willst du mir drohen? Du und deine Leute, ihr seid das Letzte vom Letzten. Ich würde eher dem Teufel ein Bier zum Ausstand ausgeben als euch.«

Kaum hatte sie das gesagt, durchzuckte sie ein heftiger Schmerz im Arm, und sie wollte nur noch weg aus diesen Räumen. Die Beschwerden plagten sie bereits seit vier Tagen – der Arm war dick verwickelt –, was auch eine Altlast aus dieser Abteilung war. Besonders Jonas Mertens hatte es immer wieder gut verstanden alles so zu arrangieren, dass sich kein Helfer für Bianca in der Nähe befand, wenn einmal etwas Schweres zu heben war.

Sie riss sich von Jonas los und ging schnell auf den Flur hinaus. Sie hatte Glück, denn der Aufzug stand offen, und sie fuhr schnell hinunter und marschierte schnurstracks zum Büro ihres Chefs. Er war nicht da, aber die Tür stand offen, also war er wohl nicht allzu weit. Bianca blieb im Flur stehen und wartete, und nach einer kurzen Weile kam er auch schon zurück.

»Nanu, Bianca?«, sagte er schnell. »Was gibt's denn?«

»Ich will dich nicht stören, aber ich muss dir was erzählen, bevor ich platze und Roland meine Wut abbekommt.«

»Soll ich jetzt derjenige sein?«

»Um Himmels willen, nein, so habe ich das nicht gemeint. Versteh mich bitte nicht falsch, aber ich habe es jetzt klipp und klar gesagt bekommen, dass PVA hinter allem steckt.«

»Was …?«

»Jonas hat es mir in seiner Wut gestanden. Stell dir doch mal vor, die wollten zum Abschied von mir noch einen ausgegeben haben.«

»Wie bitte?«

»Als er zu mir sagte, sie hätten nur getan, was nötig war, ist mir der Kragen geplatzt, und ich habe ihm böse kontra gegeben. Ich hoffe nur, dass keine Abfüllung mehr kommt und ich nochmals hinüber muss.«

»Die halte ich dir vom Leib, das verspreche ich dir. Und sobald ich etwas finde, womit ich sie rankriegen kann, rede ich sofort mit Dr. Vollmer darüber. Auch wenn es dann zu spät dafür ist, dich zurückzuholen.«

»In der Tat, ich habe genug. Nur mit der nötigen Ruhe werden meine Magenschmerzen vielleicht wieder besser.«

»Was sagst du da?«, sagte Florian erschrocken. »Davon hast du mir gar nichts erzählt.«

»Du hattest in letzter Zeit auch so schon genug mit mir zu tun.«

»Das habe ich doch gerne gemacht«, wehrte Florian ab, »und ich denke jetzt schon mit Grausen daran, wie es ohne dich weitergehen soll. Das Aufbewahrungslager hat sich jetzt schon beschwert.«

»Bei Rolands tatkräftigem Einsatz kann ich das gut verstehen«, meinte Bianca grinsend.

»Was macht denn eigentlich dein Arm?«

»Im Moment tut er gerade mal wieder verdammt weh. Ach, da fällt mir etwas ein, was ich bei all der Aufregung glatt vergessen habe zu erzählen. Vielleicht wollte ich aber auch nur nicht andauernd jammern.«

»Schieß los.«

»Als ich noch ständig bei PVA war, kam ich eines Morgens ins Labor und musste eine sehr eilige Abfüllung machen, aber am Nachmittag zuvor, alle anderen waren schon weg, hatte Jonas eine Material-Lieferung angenommen und alles auf den Arbeitstischen abgelegt. Darunter auch zwei sehr schwere Pakete mit Putzlappen. Nur hatte er es nicht mehr für nötig gehalten, sie selbst wegzuräumen, und als ich anfangen wollte, musste ich alles von den Tischen herunterheben, da keine Hilfe aufzutreiben war. Damals habe ich zum ersten Mal diesen stechenden Schmerz im Arm verspürt. Er ging dann zwar schnell wieder weg und kam erst Wochen später zurück, als ich wieder einmal etwas Schweres heben musste. Aber da liegt der Ursprung.«

»Ein Grund mehr, denen das Handwerk zu legen. Ich verspreche dir, ich werde mein Bestes dafür tun.«

Die letzten drei Tage wurde Bianca etwas ruhiger, weil ihr Chef die größeren Arbeiten auch mit Rücksicht auf ihren Arm von ihr fernhielt. So hatte sie noch einen Termin in der Sicherheitsabteilung, die noch einige Punkte zu ihrem Ausscheiden aus der Firma abwickeln wollten.

Unter anderem hatte sie noch einen Schlüsselbund in Verwahrung, der ihr Zutritt zu einigen Abteilungen gewährte, für die man eine besondere Freigabe benötigte.

Während Bianca fast schon entspannt dem Ende ihrer Zeit bei Norhepha entgegenblickte, bekam Dr. Vollmer, der mit der Situation nach wie vor nicht recht zufrieden war, eine neue Aufgabe gestellt.

Als er am späten Vormittag sein Büro verließ, um in die Kantine zu gehen, begegnete ihm am Eingang Dirk Römer, und er erinnerte sich daran, dass er schon seit Wochen mit ihm über Bianca reden wollte.

»Guten Tag, Herr Römer, was macht die Arbeit?«

»Fragen Sie nicht.«

»Wieso? Ist Bianca Müller Ihnen denn keine Hilfe?«

»Doch, ganz im Gegenteil. Endlich hatte ich mal jemanden, der sich so richtig in die Arbeit verbeißen konnte und auch nicht vorzeitig schlappmachte, nur weil die Aktenberge höher anstatt niedriger wurden. So habe ich tatsächlich für kurze Zeit mal Licht am Ende des Tunnels gesehen. Aber nun wird sie mir mit fadenscheinigen Begründungen wieder weggenommen. Am liebsten möchte ich den ganzen Krempel auch hinwerfen, hier interessiert sich doch niemand dafür, ob man die Arbeit auch schafft. Nur Ergebnisse wollen alle sehen. Wirklichen Rückhalt hat man doch bei niemandem mehr.«

»Das verstehe ich jetzt nicht. Mir ist zu Ohren gekommen, dass Sie sich beschwert hätten, dass Frau Müller so unbeweglich wäre, dass Sie fürchten, nie mit der Arbeit beizukommen.«

»Wer lässt denn solch einen Unfug vom Stapel? Zu wem soll ich das denn gesagt haben?«

»Dr. Bärtig hat mir berichtet, Sie hätten sich über Bianca beschwert.«

»Wie bitte? Ich kann mich nicht daran erinnern, mit Bärtig über Frau Müller gesprochen zu haben. Aber ich weiß, dass ich vor nicht allzu langer Zeit mit Florian Richter über Bianca Müller gesprochen habe. Als ich dann aus dessen Büro kam, bin ich beinahe über Herrn Dr. Bärtig gestolpert, der sich gerade die Schnürsenkel band – ganz zufällig genau vor der Tür. Das Schauspiel war urkomisch. Er hat uns belauscht und sich danach eine Story zusammengebastelt, wie sie ihm in den Kram passt. Durchaus möglich, dass er Bruchstücke des Gesprächs mitgehört hat. Was ich zu Florian Richter gesagt habe, war aber etwas ganz anderes.«

»Das ist ja interessant! Verraten Sie mir auch, was?«

»Natürlich. Ich habe Florian berichtet, dass ich mich dank Biancas Hilfe endlich an das Archiv gewagt habe, das in einem erbärmlichen Zustand ist, und dass ich nicht weiß, wie ich das alleine bewältigen soll.«

»Sie ist Ihnen also wirklich eine Hilfe?«, fragte Oliver Vollmer, und Dirk Römer bestätigte: »Bianca mag zwar nicht so schnell zu Fuß wie andere sein, aber das macht sie mit Fleiß, Tatkraft und einem ausgeprägten Ordnungssinn mehr als wett. Ich fürchte, wenn sie uns verlässt, wird das Archiv bald wieder wie früher aussehen.«

»Ich kann das überhaupt nicht fassen. Da hat mir … na ja, lassen wir das leidige Thema. Ich weiß jetzt, was ich zu tun habe, und danke für Ihre Offenheit.«

Er hatte kaum den Satz beendet, da drehte sich Dr. Vollmer um die eigene Achse und verließ die Kantine mit leerem Magen. Dirk Römer stand mit offenem Mund in der Tür und sah ihm verwirrt nach.

Während der Bereichsleiter in sein Büro zurückging, arbeitete es in seinem Kopf fieberhaft. Dr. Bärtig hatte ihm haarsträubenden Unsinn erzählt, und das konnte im Grunde nicht auf einem Missverständnis beruhen. Aber warum sollte er ihn anlügen? Wenn er es aber diesmal getan hatte – wie oft hatte er ihn am Ende dann schon angelogen, ohne dass er es gemerkt hatte?

In seinem Büro ließ sich Dr. Vollmer auf den Stuhl fallen und grübelte noch lange über das gerade Erfahrene nach. Eine gute Stunde später traf ihn die Erkenntnis wie ein Paukenschlag: Hatte sein Vorgänger, als er vor einem Jahr diesen Posten übernahm, ihm nicht gesagt, dass die Abteilung PVA so etwas wie Dr. Bärtigs Schützling und er darüber hinaus auch noch mit Norbert Windisch befreundet war?

Nicht auszudenken, wenn Bärtig das alles nur tat, um seine Lieblingsabteilung vor dem notwendigen Arbeitsplatzabbau zu schützen! Wie weit wäre dieser Mann dafür wohl bereit zu gehen?

Nachdem der Gedanke sich erst einmal in seinem Gehirn breitgemacht hatte, sagte er halblaut zu sich selbst: »Bianca Müller kann ich nicht mehr zurückholen, da sie bereits unterschrieben hat. Aber ich werde diese leidige Angelegenheit lückenlos aufklären. Ein Vorgesetzter, der intrigiert, betrügt und manipuliert, nur um seine persönlichen Interessen durchzusetzen, ist untragbar.«

Bianca bereitete sich gerade darauf vor, ihren letzten Arbeitstag zu beenden. Eigentlich hatte sie um halb eins gehen wollen, doch nun war es doch später geworden, weil so viele Kollegen aus anderen Abteilungen sich von ihr verabschieden wollten. Damit hatte sie nicht gerechnet und war völlig gerührt von der Erkenntnis, wie beliebt sie doch gewesen war.

Sie wollte gerade den Blumenstrauß, den ihr Florian am Morgen bei der Besprechung im Namen aller Kollegen überreicht hatte, aus der Vase nehmen, als sich die Bürotür öffnete und Bruno Bärtig eintrat.

Florian Richter, der gerade aus dem Labor kam, sah die offene Bürotür und blieb instinktiv stehen, als er die Stimme seines Vorgesetzten hörte.

»Ich wollte Ihnen noch alles Gute für Ihren weiteren Lebensweg wünschen«, säuselte Bärtig zuckersüß, und Bianca dachte: *Du scheinheiliger Arsch. Auf dein verlogenes Gelabere kann ich gut verzichten.* Ein Segen, dass sie diesen Idioten und die ganze verdammte PVA-Gruppe nie mehr sehen musste. Aber dann sagte sie kurz und erstaunlich gelassen: »Danke.«

Dr. Bärtig hielt kurz inne als warte er noch auf eine weitere Äußerung. Als nichts mehr kam, sagte er: »Okay, ich muss weiter, ich habe noch viel zu tun.«

»Dann lassen Sie sich mal nicht dabei stören«, kam es von der Tür her, und Bruno Bärtig, der gerade gehen wollte, stieß mit Florian Richter zusammen.

»Autsch«, sagte er kurz und rieb sich den Kopf, aber Florian beachtete ihn überhaupt nicht und wandte sich an Bianca: »Hast du schon alles eingepackt?«

»Ja, alles fertig.«

»Hat er dich noch mal vollgequatscht?«

»Es ging eigentlich. Er hat schließlich, was er wollte. Wenigstens hat er nicht den großen Gönner raushängen lassen. Ich hatte mir die Verabschiedung durch ihn schlimmer vorgestellt.«

Dann übergab sie ihrem Chef ihre Schlüssel und den Werksausweis.

»Alles andere erledige ich, und ich sorge auch persönlich dafür, dass du dein Zeugnis zugesandt bekommst. Bei diesem lahmen Verein bekommt man Zustände. Wir sehen uns dann in einer Woche, wenn du deinen Ausstand feierst.«

»Ja! Ich freue mich, dass alle Zeit haben.«

Zehn Minuten später war Bianca üppig bepackt am Werkstor angekommen, denn sie hatte neben ihrer Tasche noch ihre Kaffeemaschine und den Blumenstrauß dabei, sodass sie kaum etwas sah und beinahe mit jemandem zusammengestoßen wäre.

»Entschuldigen Sie bitte, ich habe Sie nicht gesehen«, sagte sie. Erst dann erkannte sie Marion Thieme, die ebenfalls nicht auf den Weg geachtet hatte und gedankenverloren vor sich hin gelaufen war.

»So, Frau Thieme, eine haben Sie wieder geschafft. Glückwunsch, wie perfekt Sie das hinbekommen haben! Wie viele Leute haben Sie zusammen mit Ihrem Chef denn noch abgesägt?« Aber Marion Thieme reagierte nicht verärgert wie erwartet, sondern begann zu weinen.

»Na, das muss doch auch nicht gerade sein, dass Sie jetzt gleich heulen, wenn ich aus dem Tor gehe«, sagte Bianca spöttisch, aber als die Frau auch darauf nicht reagierte, sagte sie fast gegen ihren Willen: »Was ist denn mit Ihnen los?«

»Mein Vertrag läuft zum 31. Dezember aus, und er wird nicht verlängert«, schniefte Marion Thieme. »Obwohl ich meinem Chef all die unangenehmen Gespräche abgenommen habe. Jetzt stehe ich ohne Job da und will Ende März heiraten. Die Feier für hundert Leute ist bereits gebucht und die sündhaft teure Hochzeitsreise nach Mauritius ebenfalls. Ich weiß gar nicht, ob wir uns das überhaupt noch leisten können.«

»Gewiss, das ist hart. Aber wie haben Sie so schön zu mir gesagt: Kopf hoch und Zähne zusammenbeißen. So alt sind Sie nicht, da findet sich bestimmt schnell wieder was. Viel Glück.«

Bianca war der Meinung, damit sei alles gesagt, und ging durch die Sperre. Gerade als sie zu ihrem Mann hinübergehen wollte, der im Auto auf sie wartete, hörte sie eine bekannte Stimme und drehte sich kurz um. *Ach nee*, dachte sie bestürzt. *Nicht schon wieder?*

»Ich wollte dir noch alles Gute wünschen«, sagte Daniela Kolb.

»Gleichfalls. Hoffentlich erstickt ihr noch an eurer Boshaftigkeit.« Damit ließ sie eine verblüffte Daniela stehen und eilte zu ihrem Mann hin.

»Du bist schön spät dran«, beschwerte er sich.

»Ja, ich weiß, aber es wollten sich so viele noch von mir verabschieden. Nun ja, mehr als dreißig Jahre seines Lebens streift man auch nicht einfach so ab«, sagte Bianca und blickte kurz wehmütig auf das Werkstor zurück.

»Hier ist viel passiert, Schlechtes, aber auch viel Gutes – und für uns fängt das Beste jetzt gerade erst an.«

Epilog

Einige Monate später, die Tage begannen schon wieder deutlich länger zu werden, klingelte eines Abends das Telefon, und als Bianca den Hörer abnahm, meldete sich Florian Richter.

»Hallo, Bianca, ich wollte dich anrufen, da du vor einigen Tagen versucht hast, mich zu erreichen. Gibt es irgendwelche Probleme?«

»Nein, ich wollte dir nur zum Geburtstag gratulieren.«

»Das ist lieb von dir, danke! Außerdem wollte ich dir mitteilen, dass ich in Kürze vielleicht nicht mehr unter dieser Nummer erreichbar bin.«

»Wie bitte? Hat man jetzt doch beschlossen, die ganze Abteilung aufzulösen? War an dem Gerücht etwas dran? Hat dich das auch deinen Job gekostet?«

»Das sind aber viele Fragen auf einmal. Zum Ersten: Man legt unsere Abteilung mit PVA und PVI zusammen, wie das schon lange von der Konzernleitung angedacht war. Meinen Job hat das allerdings und Gott sei Dank nicht gekostet. – Aber ich sollte vielleicht von Anfang an erzählen. Alles fing damit an, dass Dr. Vollmer an deinem letzten Arbeitstag mit Dirk Römer sprach und dabei feststellte, dass Dr. Bärtig ihm die Unwahrheit über dich erzählt hatte. Dann hat er mit mir telefoniert, und ich habe seine Befürchtungen bestätigt, was da abgelaufen ist. Da er mich fragte, ob ich eine Idee hätte, wie man den Herren beikommen könnte, habe ich mich noch einmal mit Daniela Kolb kurzgeschlossen. Ich hoffte, sie packt vielleicht doch noch aus. Da sie im Gegensatz zu ihren Kollegen den Ernst der Lage begriffen hatte, ging sie mit mir direkt zu Dr. Vollmer und erzählte ihm alles, was sie wusste.

Dr. Vollmer hat daraufhin die Konzernleitung verständigt, die eine interne Untersuchung einleitete, an deren Ende schließlich Köpfe rollten.«

»Hat es diesen …. äh, Dr. Bärtig etwa …«

»Nicht nur ihn. Bärtig, Windisch und Claudia Schmücker wurden fristlos gefeuert.«

»Ich kann ehrlich gesagt nicht gerade behaupten, dass mir einer der drei auch nur andeutungsweise leidtut.«

»Das erwartet auch niemand.«

»Was wurde aus den anderen?«

»Mona Ziegelstein bekam ebenfalls einen Aufhebungsvertrag nahegelegt. Ihre Abfindung hält sich allerdings streng an die allgemeingültigen Regeln. Dabei habe ich dann noch gehört, dass ihr Mann sich von ihr scheiden lassen will, aber das ist ein anderes Thema. Für Jonas Mertens hatten sich die hohen Herren etwas ganz Besonderes ausgedacht. Man bot ihm an, als Kommissionierer ins Zentrallager des Stammhauses in St. Gallen zu wechseln oder einen Aufhebungsvertrag zu unterzeichnen. Er wählte die zweite Variante und steht sehr mies da, denn dieser Vertrag ist unter aller Würde. Das hat mir Dr. Vollmer unter der Hand erzählt.«

»Wenn eure Abteilung mit den anderen zusammengelegt wird, was wird dann aus unseren Kollegen Jochen, Andreas und Roland?«

»Jochen und Andreas werden in ihren jetzigen Positionen weiterbeschäftigt, nur in einem anderen Gebäude. Übrigens wird auch Daniela Kolb als Belohnung für ihre Kooperation in die neue Abteilung integriert, muss sich aber als Strafe für ihr Fehlverhalten an hinterster Stelle der Hierarchie einordnen.«

»Na, da werden die drei sich bestimmt freuen, mit Daniela zusammenarbeiten zu müssen.«

»Das kannst du glauben. Aber Roland betrifft das im Moment nur wenig, und damit sind wir schon bei der nächsten Geschichte. Erst war er zwei Wochen krank, dann hatte er über Weihnachten Bereitschaft und musste dreimal unter Murren die Probenrunde fahren. Da es, wie du weißt, in diesem Winter saumäßig kalt und glatt war, hat es ihn kurz darauf in seiner Freizeit erwischt, denn er hatte einen schweren Sturz, der ihn wieder einmal für einige Monate aus der Bahn warf. Als er endlich wieder auf dem Damm war, stellte sich heraus, dass er als Folge dieses Unfalls verschiedene Arbeiten vermutlich nicht mehr ausführen kann. Deshalb bekam auch er einen ganz passablen Aufhebungsvertrag angeboten, der im Prinzip deinem ähnelt. Er hat dankbar angenommen. – Aber sag mal, jetzt haben wir nur über die Firma gesprochen. Wie ergeht es dir denn eigentlich?«

»Prima.«

»Hast du dein Auskommen?«

»Und ob. Ich habe dir doch einmal erzählt, dass ich eine Freundin habe, die bei der Schließung der Außenstelle in Frankenberg einen Aufhebungsvertrag angeboten bekam. Sie hat sich mit dem Geld selbstständig gemacht und einen Drogeriemarkt eröffnet, der super läuft.«

»Ach, und da arbeitest du jetzt?«

»Nein, besser. Vor einiger Zeit hat sie mir erzählt, dass das ganze Haus, in dem im Erdgeschoss der Markt ist, in Eigentumswohnungen umgewandelt wird und man ihr den Laden zum Kauf angeboten hat. Da sie alles Geld in den Laden gesteckt hat und die Bank ihr keinen Kredit gewähren wollte, hatte sie Angst, dass der neue Besitzer ihr kündigt. Diese Sorge ist sie nun los. Letzte Woche habe ich den Kaufvertrag unterzeichnet. Selbst wenn ich ihr bei der Miete noch etwas entgegenkomme, habe ich fast so hohe Mieteinnahmen, wie mein Gehalt vorher war.«

»Das ist doch prima. Ich freue mich für dich.«

»Ja, ich freue mich auch! Aber sag mal, warum kann ich dich unter deiner alten Telefonnummer nicht mehr erreichen? Wirst du jetzt der Leiter der neuen Abteilung?«

»Nein, ich werde mich enorm verbessern.«

»Ehrlich? Erzähl.«

»Da Dr. Vollmer diesen Mobbing- und Intrigensumpf trockenlegen ließ, ist man bei der Konzernleitung auf ihn aufmerksam geworden, und seine Beförderung, die erst für nächstes Jahr vorgesehen war, wurde vorgezogen. Er steigt ins direkte Umfeld der Standortleitung auf, und da er selbst einen Assistenten benennen durfte, hat er mich gefragt, ob ich bereit wäre, mit ihm ins Hauptverwaltungsgebäude umzuziehen. Dass ich da zugesagt habe, wird dich kaum überraschen, oder?«

»Allerdings nicht. Dann wünsche ich dir viel Glück

dabei! Und richte doch auch mal Dirk Römer schöne Grüße aus, wenn du ihn siehst.«

»Mache ich. Er ist übrigens auch befördert worden und wird bald im neuen Verwaltungsgebäude sitzen. Und was meinst du, wem er das zu verdanken hat?«

»Keine Ahnung …?«

»Na dir, Bianca! Denn ohne deine perfekte Arbeit und das Ordnungssystem wäre es nie dazu gekommen.«

»Bist du dir da so sicher?«

»Selbstverständlich, er hat es mir selbst gesagt, und er ist heute noch froh, dass du ihn von diesem System überzeugt hast. Er würde dich gerne anrufen, weiß aber nicht, was er machen soll.«

»Du kannst ihm gerne meine Nummer geben.«

»Okay, mach ich. Und vielleicht hören wir mal wieder was voneinander.«

»Ja, tschüs, und danke für deinen Anruf!«

Als Bianca den Hörer aufgelegt hatte, dachte sie kurz nach. Vieles war in der Zwischenzeit passiert. Sie freute sich für Florian und Dirk, dass sich alles zum Guten gewendet hatte. Schließlich hatten sie auch genügend dafür getan. Sie dachte gerne an die gute Zusammenarbeit zurück. Aber jetzt freute sie sich auf die Zukunft und wollte das Kapitel Norhepha endgültig zu den Akten legen.